EN ATTENDANT PETER

LES ROMANS D'ELIZABETH MUSSER

AVIS DES LECTEURS: CINQ ÉTOILES POUR WAITING FOR PETER !

Une belle surprise

J'ai eu le plaisir de lire ce livre, même si celui-ci m'a fait pleurer, mais d'une manière très douce. Cette douce novella est à lire absolument par tous les amoureux des animaux, en particulier par ceux d'entre nous qui ont connu la joie mutuelle de "sauver" un animal errant, pour finalement le voir nous sauver nous-mêmes.

Merveilleux livre

J'ai absolument adoré ce livre ! Toute femme qui a "sauvé" un animal ou qui a été ou est confrontée à des enfants qui grandissent et quittent la maison, cette histoire vous touchera à bien des égards. Les allers-retours entre le chien et son maître font chaud au cœur. C'est un petit livre que je recommande vivement !

Le meilleur ami de l'homme

J'ai rarement lu un livre qui m'a fait sangloter. Ce livre a été magistralement et uniquement écrit du point de vue du chien et de son maître. La véritable singularité de ce roman réside dans le fait qu'il est raconté du point de vue du chien. Les chiens sont vraiment un don de Dieu - les meilleurs amis de l'homme, et ils nous aident, comme l'a dit Mme Musser, à mieux comprendre l'amour inconditionnel de Dieu pour nous. Merci pour cette belle histoire qui est un livre cinq étoiles à tous points de vue !

Une lecture incontournable pour les amoureux des chiens

Je n'ai pas pu lâcher ce livre. J'aime la façon dont il se lit du point de vue du chien et ensuite du point de vue de l'homme. Je ne veux pas dévoiler la trame de l'histoire, alors je me contenterai de dire ceci : ayez une boîte de mouchoirs à portée de main. J'ai pleuré plus d'une fois.

Avis aux amateurs d'animaux !

Si vous avez déjà eu un animal de compagnie que vous aimiez, cette histoire va vous briser le cœur ! J'ai pleuré comme un bébé ! Mais elle est si douce, inspirante, drôle et déchirante que je suis heureuse d'avoir eu l'occasion de la lire. Je le recommande vivement à tous les amoureux des animaux, mais assurez-vous d'avoir une boîte de mouchoirs à portée de main.

Une lecture incontournable pour les amoureux des chiens

J'ai toujours pensé qu'un chien nous aime comme Dieu nous aime, inconditionnellement. J'ai adoré la façon dont l'auteur a utilisé des comparaisons entre un chien et Dieu. Lire du point de vue du chien était un pur génie. J'aime et je comprends encore plus mes chiens après avoir lu ce livre. Merci pour cette histoire tout simplement magnifique.

Un must pour toutes les mères, les amoureux des animaux et tous ceux qui ont du cœur.

Un must absolu ! Une combinaison parfaite de foi, d'amour maternel et d'amour et de loyauté d'un garçon pour son chien. Un excellent portrait de la loyauté et de l'amour d'un chien.

EN ATTENDANT PETER

ELIZABETH MUSSER

With a
Soul
Books

Waiting for Peter

Publié d'abord en néerlandais pour la Semaine du livre chrétien 2009

cUitgeverij Voorhoeve-Kampen, 2009, *www.kok.nl*

cElizabeth Musser, 2008

Photo de couverture de Beau : Sylvain Felix

Livre de poche ISBN 978-1-7340564-4-0

En mémoire de notre cabot névrosé, Beau, qui a été adopté le 11 septembre 1999 et qui a enrichi notre vie jusqu'à son dernier souffle, le 31 décembre 2012. Je remercie mon Seigneur de l'avoir mis dans nos vies et pour tout ce que j'ai appris sur mon Maître grâce à Beau.

PROLOGUE

La journée est presque suffocante, à tel point que ma langue pend hors de ma bouche et que j'halète, mes flancs se soulevant par à-coups, par à-coups. Je m'allonge sur le trottoir chaud de l'allée, les oreilles dressées vers l'avant, les yeux attentifs, le cœur battant la chamade — non seulement à cause de la chaleur, mais aussi de l'espoir. Peut-être que ce sera le jour où il reviendra. Peut-être que, dans un court instant, je percevrai son odeur dans la moindre brise et que j'entendrai son pas irrégulier lorsqu'il remontera l'allée.

Je l'attends depuis si longtemps. Parfois, lorsque j'entends ces sons lointains, je me lève précipitamment, bien que le mot « précipitation » ne soit plus le même que lorsque je suis venu vivre avec eux pour la première fois, il y a tant d'années. Je me lève, je dresse les oreilles et je lève le museau au vent. Ils pensent que j'ai l'air digne quand je fais cela, et que je suis beau. Ils m'appellent toujours beau. Ou mauvais chien. L'un ou l'autre.

J'attends, mais il ne vient pas. Mes oreilles s'affaissent et je me souviens de toutes les joyeuses retrouvailles avec lui dans le passé — à sauter, à jouer, à courir ensemble. Aujourd'hui, il m'est presque impossible de sauter en l'air ou de me précipiter vers la clôture. Même aboyer me demande un effort.

Je me demande s'il viendra avant qu'il ne soit trop tard. Je ne sais pas trop ce que signifie « trop tard », mais Bucky ne joue plus à côté de chez moi. J'ai vu les voisins l'enterrer dans leur jardin, juste sous les buissons d'hortensias.

Je ne souhaite qu'une chose : revoir Mon Garçon avant de prendre ma place dans la terre.

C'est ainsi que j'attends.

CHAPITRE 1

Il est arrivé chez moi au début de l'automne. J'étais couché dans la Cage, malade de la maladie de Carré, tandis qu'une douzaine d'autres mâles errants bondissaient autour de nous, jappant follement sur le jeune garçon qui s'approchait de nous. *Jap, jap, jap !* J'étais fatigué et malade. Un seul regard sur moi, un bon regard, montrait toutes mes côtes, même à travers mes poils longs.

Il s'est approché du grillage et s'est agenouillé près de moi.

Il m'a murmuré quelque chose et j'ai aimé le son de sa voix, la façon dont elle s'est légèrement fissurée. J'ai aimé non seulement sa voix, pleine de compassion, mais aussi ses yeux, ronds et curieux, de la couleur de la fin d'une journée d'été, pleins d'expression, de vie. Il n'était pas comme beaucoup d'enfants qui venaient contempler la Cage — bruyant, pleurnichard et hyperactif. Il était calme — trop calme pour sa jeunesse, peut-être, mais je ne connaissais pas son passé à l'époque. Tout ce que je savais, c'est qu'il me plaisait et que je voulais qu'il me choisisse.

Nous vivions dans la hiérarchie de la Cage et je n'étais

pas le chien de tête. Je faisais profil bas et j'essayais d'éviter les grognements et les coups de dents. Nous voulions tous sortir de la Cage, trouver la liberté, mais nous ne savions pas comment faire.

Il avait des cheveux blonds bouclés, qui lui couvraient presque les oreilles, et des yeux sombres. Il a ri, doucement, quand j'ai léché sa main qu'il avait posée sur le grillage qui nous séparait. J'ai goûté le sel, j'ai goûté la chaleur et cette consistance particulière de l'humanité — la gentillesse et l'attention — que j'avais déjà goûtées sur les mains du Petit Garçon et de la Femme Faible avant que l'Homme Méchant ne leur vole tout. Je savais que ce garçon ne deviendrait jamais un Homme Méchant.

Je sais lire dans les yeux, surtout lorsqu'un humain s'accroupit et me regarde directement. C'est ainsi que je sais qui sera mauvais, qui sera bon et qui s'en fichera. Avant d'arriver à la Cage, j'avais connu chacun de ces types d'humains.

Le garçon a ri doucement et m'a regardé, et j'ai levé la tête et je l'ai regardé. Nos regards se sont croisé et j'ai commencé à remuer la queue, lentement, seulement un battement, un battement contre le béton nu, mais il l'a vu.

Il s'est retourné pour parler à une femme, tout en me montrant du doigt. Plus tard, j'en viendrais à aimer les yeux de la femme aussi. Plus tard, je voudrais la protéger, mais en ce jour particulier où mon avenir se jouait sur un hochement de tête, tout ce que je voulais, c'était que le garçon convainque la femme de m'emmener avec eux.

Une partie de la bouche de la femme se retroussa légèrement, ses yeux devinrent liquides et elle hocha la tête. J'ai su alors que j'avais trouvé la signification d'un mot qu'ils utilisaient si souvent dans cet endroit. Un Foyer.

CHAPITRE 2

Un an et six jours après l'accident, j'ai emmené Peter à la Société Protectrice des Animaux. Nous avions déjà visité l'animalerie, mais Peter était catégorique. « Je ne veux pas *acheter* un chiot, maman. Je veux en adopter un. Je veux un chien qui a besoin de moi. »

Ce que Peter n'a pas dit, mais que j'ai quand même entendu, c'est qu'il voulait un chien qui avait souffert comme lui, qui pouvait le comprendre. Peter a toujours été comme ça, une âme sensible.

Par un après-midi moite de début septembre, je l'ai donc conduit à la Société Protectrice des Animaux, juste nous deux — notre sortie — et le reste de la famille a compris, n'a pas demandé à venir. Ce chien allait être celui de Peter, et peut-être, juste peut-être, ce chien allait changer la vie de Peter et nous le ramener. Nous retenions tous notre souffle, au sens figuré, bien sûr, et nous priions — des prières très littérales et ferventes — pour qu'un chien soit capable d'atteindre cette blessure à l'intérieur de Peter qu'aucun humain n'avait pu toucher — ni moi, ni son père, ni ses sœurs, ni le conseiller, ni ce cher docteur

Reuben qui connaissait notre famille depuis plus de quinze ans et qui avait, en fait, mis Peter au monde.

Ce mercredi après-midi, j'avais déjà mal à la tête et les aboiements incessants des chiens l'ont immédiatement aggravé lorsque nous avons franchi les lourdes portes métalliques et que nous avons été accueillis par de longues cages grillagées remplies de chiens affolés. Il me semblait qu'il y en avait des centaines, de toutes les tailles et de toutes les formes, la plupart d'entre eux ayant un aspect hétéroclite.

J'avais promis à Peter qu'il pourrait choisir seul. Je me suis donc tenue à l'écart et j'ai regardé mon fils de douze ans entrer et sortir des rangées et des rangées de cages. Il marchait lentement, de sorte que son boitement était à peine perceptible, avec détermination, prenant tout en compte, comme il le faisait toujours. Les chiens le saluaient bruyamment, avec excitation, désespérément.

Peter était méthodique. Je savais qu'il ne fallait pas le brusquer. J'ai donc trouvé un siège sur un banc de pierre près du bureau et j'ai attendu. J'ai l'impression que les mamans passent une bonne partie de leur vie à attendre. Attendre d'être enceinte, attendre que le bébé à l'intérieur fasse son apparition, attendre de découvrir qu'il est parfait et en bonne santé, attendre qu'il fasse toutes les choses qu'il est censé faire au bon moment pendant ses premières années, attendre qu'il apprenne et qu'il mûrisse. Attendre qu'il rentre à la maison.... Mais je m'éloigne du sujet.

Après une heure de recherche dans les cages, Peter a fait son choix : le chien roux à poil long, aux yeux assortis à son pelage et à la fourrure si douce qu'elle semblait appartenir à un chat persan. Il se trouvait dans la toute dernière cage du chenil. Souvent, il vaut la peine d'attendre.

Je pense que Peter a su que c'était le bon dès qu'il l'a vu.

Le chien, un mâle, était couché tandis qu'une douzaine d'autres chiens dansaient autour de lui. Ils sautaient sur le grillage, aboyaient, couraient, remuaient la queue, hurlaient — si les chiens peuvent hurler — et suppliaient Peter de les regarder. Quelques-uns montrèrent leurs crocs et Peter se dirigea immédiatement vers l'extrémité de la cage, où gisait le chien roux, à l'aspect franchement pitoyable.

Le chien roux ne s'est pas levé. Il se contenta de gémir en direction de Peter et sa queue touffue s'agita à peine, tombant sur le ciment imbibé d'urine. Il avait les yeux couleur rouille les plus doux et les plus gentils, aussi doux et aussi gentils que ceux de Peter. Ils étaient assis là, Peter accroupi, ignorant les autres chiens, sa main poussée contre le grillage, et le chien tendant son cou vers l'avant, léchant la main de Peter à travers le grillage.

Je pense que c'est à ce moment-là qu'ils sont devenus inséparables.

« Je veux celui-là, Maman », murmura-t-il, se raclant la gorge et répéta « celui-là ».

Je n'ai pas répondu tout de suite, car ma première réaction aurait été de faire remarquer que ce chien avait l'air malade, très malade. Je ne voulais pas que Peter s'attache à un animal qui risquait de mourir dans les semaines à venir. Je voulais protéger mon fils de toute nouvelle déception, au moins dans l'immédiat.

Mais je croyais en la prière et je croyais en mon fils, alors je me suis mordu la langue, je lui ai fait un demi-sourire — qui signifiait toujours « oui » — et j'ai simplement dit : « D'accord ».

Nous sommes entrés dans le bureau et avons parlé à l'employée bénévole. Lorsque nous lui avons montré celui que Peter avait choisi, elle a dit : « C'est un gentil chien ; il a bon caractère. Il n'est pas là depuis très longtemps, un mois ou deux. Quelqu'un l'a trouvé dans un parking, il a dû s'enfuir. Il avait été battu. On aurait dit qu'il avait été battu avec un gros morceau de bois. Pauvre petite chose effrayée ».

« Il a été blessé ? » demandait Peter. Peter ne parlait jamais aux étrangers.

« Oui. »

C'est ainsi que les choses se sont passées. Le destin du chien était scellé. Il était à nous.

Les autres chiens jappaient sauvagement lorsqu'il quittait sa cage. D'une certaine manière, ils savaient qu'il avait été choisi. Je me suis demandé si les chiens ressentaient de la jalousie.

Nous avons acheté un collier et une laisse sur place. Peter les a mis autour du cou du chien et l'a fait sortir de la cage. Alors qu'il se tenait debout, j'ai vu que le chien, bien que maigre, n'était pas petit. Il était en fait de taille moyenne, de la taille d'un golden retriever. Je me souvenais vaguement de notre discussion familiale sur le fait que nous voulions un petit chien à poil court.

Immédiatement, le chien doux et gentil — âgé d'à peine un an, selon eux — a commencé à s'agiter, à aboyer, à sauter et à tirer. Faible et malade, peut-être, mais le chien était déterminé lorsqu'il s'y mettait.

Peter l'a fait monter sur le siège arrière en le prenant maladroitement. J'ai failli dire : « Attention, chéri. On ne sait jamais, il pourrait mordre ». Mais je me suis abstenue. Le chien n'a pas mordu Peter. Au lieu de cela, il a tremblé et s'est mis à frissonner, tandis que Peter prenait place à côté de lui et répétait sans cesse : « Ça va aller, mon gars. » J'ai jeté un coup d'œil à plusieurs reprises dans le rétroviseur pendant que je les ramenais tous les deux à la maison. Le chien a fait pipi deux fois sur le siège arrière de la voiture, mais je n'ai rien dit, car, avant que nous arrivions à la maison, le chien était couché sur le siège, sa tête sur les genoux de Peter, et mon fils avait l'air d'avoir enfin trouvé un véritable ami. Peter avait obtenu ce dont il rêvait : un chien qui avait besoin de lui.

CHAPITRE 3

Le premier être humain que j'ai rencontré était une femme — je peux faire la différence à l'odeur et à la voix. C'est elle qui a nourri ma mère et surveillé les chiots, six d'entre nous, qui se nourrissaient avec voracité. Je me souviens avoir senti l'odeur humaine et m'être demandé ce que c'était. Je n'en avais pas peur, j'étais simplement curieux. Les chiots sont curieux. Je n'avais pas encore appris à avoir peur, je n'avais pas encore rencontré l'Homme Méchant.

Ma mère nous a léché — toujours léché — un léchage d'amour. Ma mère était une belle chienne, ce que les humains appellent un épagneul breton. Elle avait un museau fin et long, des yeux intelligents et sa couleur, blanche avec des taches rousses sur tout le corps, était la marque d'une race pure. Ce n'était pas un grand chien, mesurant environ 45 centimètres de haut selon les normes humaines. Elle était en tout point une chienne de race, mais je ne le savais pas à l'époque.

Je ne savais pas non plus que cette portée de chiots était une grande déception pour les humains. Nous étions une «

erreur », des bâtards. De toute évidence, ma mère s'était échappée, comme elle avait tendance à le faire lorsqu'elle était en chaleur, et donc, au lieu d'être accouplée à l'un des meilleurs épagneuls bretons de la région, elle avait fini par s'accoupler avec le play-boy du quartier, un gros bâtard qui était un croisement désordonné entre un setter irlandais, un golden retriever et quelques autres races, très éloignées les unes des autres.

Le fruit de cette liaison, c'est nous, six maigres chiots, deux à poil court et tachetés comme ma mère, deux à poil court et couleur fauve, comme aucun des deux parents, un blanc pur avec un air d'épagneul et moi, le roux, celui qui ressemblait le plus à mon père. Bien que cabotin et play-boy, mon père avait la réputation auprès des humains d'être « l'un des plus beaux chiens » qu'ils n'aient jamais vus.

Pendant un certain temps, ma vie s'est résumée à de la nourriture, des frères et des sœurs, encore de la nourriture, des culbutes, des cris aigus et des regards sévères de l'homme et de la femme qui nous nourrissaient et qui, d'après ce que nous avons compris, étaient gravement déçus par nous. Je ne l'ai pas compris à l'époque, mais des années plus tard, j'ai appris des autres chiens et de la vie que nous ne valions pas beaucoup d'argent — une chose très importante pour les humains — et que l'Homme Méchant et la Femme Faible souhaitaient seulement se débarrasser de nous le plus rapidement possible.

Deux de mes frères ont été adoptés assez tôt. Une famille d'humains est venue et nous a tous regardés, la petite fille et le petit garçon nous ont caressés et ont ri, et finalement ils ont choisi mes frères, les bronzés. Ma mère, mes autres frères et sœurs et moi-même n'avions aucune idée de ce qui se passait. Une petite main humaine, appartenant au garçon, les a pris et les a mis dans un engin très étrange pour se déplacer — les humains utilisent rarement leurs jambes sauf si absolument nécessaire. Puis ils sont partis. Nous n'avons jamais revu mes frères.

Quelques autres personnes sont venues nous voir, mais elles n'ont jamais pris aucun d'entre nous. Nous voulions rester avec notre mère, ce qui nous convenait parfaitement, mais la Femme Faible semblait inquiète. Le Petit Garçon — qui appartenait à la Femme Faible et à l'Homme Méchant — me préférait. L'apparence d'un chien est quelque chose qui compte beaucoup pour les humains, et j'étais beau pour lui. Il me câlinait le soir avant d'aller dans sa chambre, j'étais content et je lui léchais la main comme Maman me léchait.

Parfois, l'Homme Méchant entrait dans le garage où je restais avec ma mère, mon frère et mes sœurs. L'Homme Méchant était grand et lourd et il sentait toujours une drôle d'odeur, différente de celle des autres humains. Il sentait un liquide particulier qui traînait souvent dans la maison, dans des bouteilles et des cannettes. Il avait des yeux méchants et nous, les chiots, savions que le Petit Garçon craignait l'Homme Méchant.

Les chiens sentent la peur. Je l'ai senti sur le Petit Garçon et la Femme Faible.

Le Petit Garçon et la Femme Faible partaient tous les matins et ne rentraient à la maison que lorsque le soleil était très haut dans le ciel. L'Homme Méchant restait à la maison et s'allongeait sur le canapé, entouré de ses bouteilles et de ses cannettes.

Un jour, le Jour Affreux, il est entré dans le garage où nous logions et il a attrapé mon frère et mes sœurs et les a mis dans un grand sac en tissu — il les a simplement jetés dedans. Ils ont commencé à hurler et à japper et il leur a crié dessus. Il s'est dirigé vers la porte et ma mère l'a poursuivi. Elle n'aimait pas l'Homme Méchant, mais elle avait aussi peur de lui. Nous en avions tous peur. Une fois, il avait donné un coup de pied à ma mère.

Il continuait à s'éloigner et ma mère courait après lui, aboyant frénétiquement, sautant sur le sac où mon frère et mes sœurs se débattaient. Finalement, il a posé le sac — il l'a vraiment jeté à terre — et s'est retourné contre ma mère. Elle recula, aboyant et montrant ses crocs — ce qu'elle n'avait jamais fait auparavant. Il s'approcha d'elle avec un bâton, le balançant d'avant en arrière, et la frappa durement sur les fesses, si bien qu'elle tomba en poussant un grand glapissement. Il l'a ensuite attrapée par la peau du cou et l'a entraînée dans le garage en fermant la porte. Parfois, dans mes rêves, j'entends encore ses cris désespérés et frénétiques.

J'avais couru vers le sac et j'étais en train de le déchirer pour essayer de libérer mon frère et mes sœurs quand l'Homme Méchant est revenu. Il a commencé à me donner des coups de bâton et je me suis réfugié sous un tas de bois derrière la maison. Il m'a alors laissé tranquille.

Mais je l'ai suivi alors qu'il emmenait le sac jusqu'à la rivière. Il l'a ouvert et j'ai pensé qu'il allait sortir mon frère et mes sœurs et les laisser boire, mais il ne l'a pas fait. Il a commencé à mettre de gros cailloux dans le sac, beaucoup de gros cailloux. Je les entendais glapir. Puis il a fermé le sac et l'a balancé de toutes ses forces dans la rivière. J'ai regardé l'éclaboussement, j'ai entendu leurs glapissements et puis plus rien.

Rien.

Je savais qu'ils étaient partis. L'Homme Méchant les avait tués. Maman nous avait dit de faire attention à la rivière, elle nous avait dit que c'était un endroit dangereux. Je n'avais pas compris pourquoi. Maintenant, je le savais.

Plus tard, quand le Petit Garçon et la Femme Faible sont rentrés à la maison, ils ont laissé ma mère sortir du garage et je me suis couchée à côté d'elle. Le Petit Garçon et la Femme Faible ont pleuré parce qu'ils ne trouvaient pas les chiots. C'est ainsi que les humains montrent qu'ils sont tristes — du liquide sort de leurs yeux.

Aucun liquide n'est sorti de mes yeux ou de ceux de ma mère, mais ma pauvre mère n'a pas mangé pendant des jours, jusqu'à ce que la Femme Faible la prenne sur ses genoux, la caresse et la nourrisse de ses mains.

Je continuais à téter, mais je restais toujours en alerte, les oreilles dressées et le nez en l'air, à l'affût de l'Homme Méchant. J'avais plusieurs cachettes où je courais chaque fois qu'il se montrait, mais après le Jour Affreux, je ne me suis plus jamais senti en sécurité, surtout pas en présence d'humains mâles de grande taille.

CHAPITRE 4

La Femme Faible et le Petit Garçon ont été gentils avec moi. L'enfant était trop jeune pour avoir la responsabilité de s'occuper de moi — même si j'ai essayé de m'occuper de lui. La femme m'a nourri, ainsi que Maman, et m'a enseigné quelques leçons importantes, notamment où je pouvais aller faire pipi — jamais dans la maison. J'adorais mâcher leurs affaires. J'avais souvent mal aux dents et le fait de les mâcher soulageait mes dents. Mais j'ai appris que les humains n'aiment pas que les chiots mâchent. En fait, il y avait beaucoup de choses que les humains n'aimaient pas que je fasse. Simplement parce que j'avais mâché une chaussure, renversé un vase ou arraché un morceau de pain d'une assiette laissée assez basse pour que je puisse l'atteindre, ils devenaient soudain furieux et criaient la même chose encore et encore.

Je suis devenu de plus en plus grand et j'ai passé des journées entières à mordiller ma mère, à courir après des balles et à gober des mouches — elles sont délicieuses ! Le Petit Garçon ne jouait pas beaucoup avec moi. Il avait d'autres choses avec lesquelles jouer, des choses qui ne remuaient pas, qui n'aboyaient pas, qui ne sautaient pas et qui n'allaient pas chercher des balles, des choses qu'il pouvait manipuler à sa guise pour leur faire faire ce qu'il voulait.

Pourtant, je leur étais fidèle, à ces humains. J'ai même essayé d'être loyal envers l'Homme Méchant. Je restais aux pieds de la femme chaque fois qu'elle était à la maison, et j'essayais de prendre soin d'elle et du garçon, surtout quand l'Homme Méchant était bruyant et méchant. Le Méchant ne m'aimait pas du tout ; il se mettait en colère quand je lui aboyais dessus, mais je devais avertir la Femme Faible et le Petit Garçon quand je sentais cette odeur nauséabonde, non pas de nourriture, mais de quelque chose de fort et d'acide. Chaque fois que cette odeur planait autour de lui, il était méchant.

Puis un jour, la Pire des Journées, il a attaqué ma mère. Il était seul avec nous, buvant son liquide nauséabond et criant après ma mère parce qu'elle se mettait en travers de son chemin alors qu'il trébuchait dans la maison. Il a donné des coups de pied à ma mère, ce qui l'a effrayée. Elle a montré ses crocs en l'avertissant de garder ses distances, mais au lieu de cela, il a pris un gros manche à balai et s'est approché d'elle en le balançant, la méchanceté brillant dans ses yeux. Je me suis précipité et j'ai sauté sur lui en aboyant et en lui attrapant les jambes. Je ne voulais pas le blesser, mais simplement l'avertir de ne pas s'approcher de ma mère. Il s'est retourné contre moi avec le manche à balai. Il me l'a cassé sur la tête et je suis tombé en hurlant ; il m'a encore frappé alors que j'étais à terre. Ma mère s'est jetée sur lui et il l'a poursuivie. J'ai lutté pour me relever et j'ai sauté sur l'Homme Méchant, lui enfonçant mes dents dans le bras. Il a hurlé de douleur, puis ses yeux sont devenus plus féroces que je ne les avais jamais vus auparavant. Maman n'arrêtait pas de me crier de m'en aller, m'assurant que l'Homme Méchant savait qu'il ne fallait pas lui faire de mal - elle valait beaucoup d'argent. Il m'a encore frappé avec le manche à balai. J'ai cru qu'il m'avait cassé le dos. J'ai rampé sous la maison.

Maman m'a trouvé là, et elle a gémi en me léchant encore et encore.

Quand la Femme Faible et le Petit Garçon sont rentrés à la maison, ils m'ont mis dans la voiture et m'ont emmené très loin, puis m'ont forcé à sortir de la voiture sur un grand parking. Puis la Femme Faible m'a donné une petite caresse, du liquide coulant sur son visage. Elle a claqué la porte et est partie. Je n'ai jamais revu l'Homme Méchant, ni la Femme Faible, ni le Petit Garçon. Je n'ai jamais revu non plus ma mère.

J'ai cru mourir la Pire des Journées. Je me suis allongé à côté d'un bâtiment et j'ai essayé de panser mes plaies. Maman me manquait. J'ai crié pour l'appeler, mais elle n'est pas venue. Je me suis endormi.

Le lendemain, j'ai passé beaucoup de temps à renifler la nourriture et à chercher de l'eau, tout en évitant les voitures et les humains. J'étais terrifié à l'idée de m'éloigner. Le Petit Garçon et la Femme Faible allaient sûrement changer d'avis et revenir me chercher. J'ai attendu et les guettais, mais ils ne sont pas venus. Une voiture m'a klaxonné et l'humain a crié. Je me suis éloigné en boitant et j'ai trouvé un endroit à côté de plusieurs poubelles qui sentaient la nourriture. J'ai réussi à renverser une poubelle et à me frayer un chemin parmi les odeurs - nourriture pourrie, carton détrempé, quelques morceaux de pain dur et des récipients vides qui avaient encore l'odeur et le goût de la viande.

Alors que je léchais les récipients, une Femme Bienveillante s'est approchée de moi, m'a fait monter dans sa voiture avec de la nourriture et m'a amené à la Cage.

CHAPITRE 5

J e n'ai pas aimé la Cage. Je me sentais piégé. Au moins, dans la maison du Méchant, je pouvais courir librement dans les bois avec ma mère et sentir les lapins et les écureuils, ainsi que l'odeur de la terre, de la pluie et de l'herbe fraîche. Dans la Cage, il n'y avait que les odeurs des autres chiens — des chiens mâles, tous, et la plupart d'entre eux méchants — et parfois l'odeur d'une femelle ou d'un humain. Dans la Cage, il fallait s'habituer aux aboiements constants des autres chiens mâles. Il fallait être prudent, faire attention et manger vite. La nourriture était simple et rance, mais j'ai appris à l'engloutir en quatre ou cinq bouchées, en prenant à peine le temps de respirer. Sinon, un autre chien s'approchait, se battait avec moi et prenait ma nourriture.

J'ai appris à connaître la hiérarchie, et j'ai appris rapidement. J'étais le plus bas sur l'échelle. Je devais donc me protéger. Je montrais les dents comme Maman l'avait fait lorsque l'Homme Méchant était d'humeur changeante, et je grognais chaque fois qu'un des autres chiens s'approchait de moi. J'ai appris à me coucher et à ignorer les autres, et parfois ils me laissaient tranquille.

Le Chef de Meute était tout noir et épais. Il passait ses journées à nous aboyer dessus et à nous donner des ordres. Que pouvions-nous faire d'autre que de courir de long en large dans cette longue cage grillagée, en aboyant et en espérant attirer l'attention d'un humain ?

Gus était mon seul ami dans la Cage. Nous veillions l'un sur l'autre. C'était un petit cabot fauve, épais et musclé, avec la tête d'un boxer et le corps d'un bull-dog. Il avait l'air plutôt méchant. Il m'a expliqué comment se déroulait la vie dans la Cage : nous y restions pour toujours, sauf si, par miracle, un humain décidait de nous prendre et de nous emmener dans un endroit appelé « Le Foyer ». Gus a dit qu'en général, un chien était ramené au Foyer et disparaissait à jamais. Mais de temps en temps, un chien revenait, pour différentes raisons, et nous entendions des histoires de grandes cours, de nourriture abondante, de balles à poursuivre et d'enfants qui les prenaient dans leurs bras, et nous rêvions tous, chaque fois que nous osions fermer les yeux, d'être choisis pour rentrer à la maison, à ce Foyer Idéal.

Lorsque je suis arrivé, j'ai senti que la Cage était un endroit sûr. Aucun humain n'a essayé de me faire du mal. En fait, les personnes qui travaillaient à l'Endroit de Plusieurs Cages semblaient se soucier des animaux, des chiots et des chiens, des chatons et des chats. Ils nous nourrissaient et aspergeaient quotidiennement de l'eau sur le sol pour nettoyer nos excréments. Ils étaient gentils, mais surchargés de travail. Nous étions si nombreux, de toutes les tailles et de toutes les formes de chiens et de chats, tous désireux de recevoir de l'attention, tous désireux d'être choisis, tous désireux d'avoir un Foyer.

Je ne craignais pas les humains. J'avais peur des autres chiens, ceux qui montraient leurs crocs, qui mordaient et aboyaient. Certains étaient bruyants, d'autres plus calmes, mais nous étions tous devenus méchants et protecteurs de notre nourriture et de notre vie. Je suis devenu comme les autres chiens. Il le fallait. C'était une question de survie.

Je pensais que je ne sortirais jamais de la Cage. Elle est devenue mon monde, avec son sol en ciment et ses hauts grillages. Dans la Cage, j'étais toujours sur mes gardes, toujours nerveux, toujours en train d'essayer de me protéger. Mais je n'étais pas très doué pour cela et, inévitablement, je finissais par tomber malade. Je toussais et certaines des blessures que j'avais reçues de l'Homme Méchant mettaient longtemps à guérir. Je me suis affaibli dans la Cage. Nous savions tous que si nous restions trop longtemps dans la Cage, surtout si nous étions malades, il y avait de fortes chances que nous finissions par recevoir la Piqûre, ce qui signifiait pas de maison, pas d'avenir, la Fin.

C'est Gus qui m'a parlé de la Piqûre. Une fois, il avait été témoin de l'injection d'un des autres chiens, alors que Gus se trouvait dans une pièce adjacente et qu'il était traité pour des vers. Il m'a dit que le vétérinaire avait maintenu le chien sur une longue table métallique, qu'il avait pris une seringue remplie d'un liquide et qu'il lui avait administré la Piqûre. Immédiatement, le chien a cessé de bouger, il a seulement eu un petit soubresaut, puis il a disparu. Mort.

Mais je n'ai pas eu la Piqûre. Au lieu de cela, Mon Garçon s'est accroupi et m'a regardé, et j'ai pu rentrer au Foyer, chez moi.

CHAPITRE 6

Peter a appelé le chien Sunset — qui a été abrégé en Sunny — en raison de sa couleur, un rouge orange profond, une flamme brûlante ; il n'était pas un pur-sang, mais il était beau, un croisement entre un épagneul breton, un setter irlandais et un golden retriever, pour autant que l'on puisse en juger. Il était fait pour voler les cœurs et il a volé les nôtres, dès le premier jour.

Lorsque Peter l'a fait entrer dans la maison, en le tirant et en le portant, le reste de la famille attendait. Les oreilles du chien étaient aplaties contre sa tête et sa queue était tellement repliée sous son arrière-train qu'il avait l'air de l'avoir perdu. Il glissa sur le carrelage du hall d'entrée et fit encore pipi.

Nos filles sont arrivées les premières dans le hall. Fran, qui avait quatorze ans à l'époque, s'est immédiatement agenouillée à côté de Peter et a serré le chien autour du cou. Il s'est rapidement habitué à elle, en remuant la queue avec incertitude et en lui léchant le visage. Cara, typiquement distante à dix-huit ans, s'est mise à sourire et a dit : « Il est absolument magnifique. Maigre comme un sou neuf, mais magnifique ». Elle s'est agenouillée et l'a caressé. J'ai sorti mon appareil photo et j'ai toujours cette image, Sunny allongé sur le sol, l'air soudain extrêmement satisfait, entouré de Fran, Cara et Peter.

Mais lorsque mon mari, Hudson, est entré dans le couloir, Sunny, tremblant, s'est précipité sur ses pieds et a commencé à aboyer et à reculer. Le pauvre chien était terrifié.

Hudson est un homme grand, d'un mètre quatre-vingt-dix et robuste. Il tendait la main au chien et lui parlait doucement, l'amadouant. « C'est bon, mon pote. Je ne vais pas te faire de mal. C'est bon. »

Mais Sunny aboya encore plus férocement, les pattes avant raides et plantées loin l'une de l'autre, la tête baissée, reniflant et aboyant et reculant de plus en plus pour se retrouver écrasé contre la jambe de Peter, sa queue orange touffue à nouveau coincée entre ses jambes.

Peter, toujours sur le sol, a pris son chien dans ses bras, l'a caressé et n'a cessé de lui dire, de sa voix d'adolescent fêlée : « Ça va aller, mon grand. Tout va bien. C'est juste Papa. Il ne te fera pas de mal. »

Hudson s'est également agenouillé et a tendu la main. Nous allions apprendre avec le temps que c'était la seule façon pour un grand homme d'approcher Sunny : accroupi et à hauteur des yeux. Sunny fit un pas en avant, glissant, la queue toujours enfoncée entre ses jambes. Il étira son cou aussi loin qu'il le pouvait sans avancer et finalement son nez couleur rouille toucha la main de Hudson. Les oreilles de Sunny allaient et venaient, montaient et descendaient, et je pensais qu'il utilisait tous ses sens pour essayer de décider : « Puis-je faire confiance à cet homme ? »

Peter avait l'air inquiet. « Maman, tu te souviens que la

dame de la Société Protectrice des Animaux a dit qu'il avait été maltraité. C'est peut-être pour cela qu'il a si peur. »

J'ai acquiescé. « Il faut lui laisser un peu de temps. »

Dix minutes plus tard, Sunny léchait la main de Hudson et mon mari secouait la tête en me disant : « Lanie, ma chère, tu as vraiment trouvé une perle rare ! Il est maigre, malade et névrosé à poil long ! C'est la dernière fois que je vous laisse aller tous les deux à la Société Protectrice des Animaux ». Mais en fin de compte, je me suis parfois demandé si Hudson n'aimait pas ce chien plus que tout autre.

CHAPITRE 7

Le Foyer n'était pas comme l'endroit où vivaient la Femme Faible, le Petit Garçon et l'Homme Méchant. Je pouvais voir que les humains du Foyer voulaient vraiment que je sois là avec eux, même le Très Grand Homme, qui m'a fait peur jusqu'à ce qu'il s'agenouille et me laisse voir ses yeux et sentir son haleine. Il n'était pas comme l'Homme Méchant. En fait, j'ai vite découvert que c'était un homme très bon et j'ai appris à l'aimer autant que j'aimais Mon Garçon, la Femme Douce, la Fille Sotte et l'Adolescente Capricieuse. Je suis arrivée dans un Foyer rempli d'humains qui avaient besoin que je les aime et que je les protège.

L'excitation est loin de décrire ce que j'ai ressenti. De l'Homme Méchant, de la Journée Affreuse et de la Pire des Journées, à la Cage et maintenant au Foyer. J'ai été sauvé et on m'a donné un garçon à aimer. Comme je l'aimais ! Je lui devais tout. Il m'avait choisi ! Je me suis contenté de le suivre toute ma vie, de suivre Mon Garçon.

Comme nous avons joué ensemble ! Il adorait me lancer des balles de tennis pour que j'aille les chercher. Il les lançait en l'air et j'essayais de les attraper dans ma bouche avant qu'elles ne touchent le sol. Puis je me suis mis à courir avec Mon Garçon qui me suivait à toute allure. Au bout d'un moment, nous avons fini par nous allonger tous les deux dans l'herbe odorante, avec la chaleur d'une journée d'automne sur le dos, tous les deux haletants, tous les deux heureux d'être simplement ensemble.

Je mémorisais tout de Mon Garçon : ses yeux, son odeur, sa façon particulière de marcher avec une démarche irrégulière — je suppose qu'il avait lui aussi été maltraité à un moment ou à un autre — et son toucher. C'est ce que je préférais, lorsqu'il descendait au petit matin, maussade et l'œil sombre. Il me voyait. Je levais la tête, remuais la queue, me retournais sur le dos et, d'une patte nue, Mon Garçon me massait le ventre. Et je me demandais si un autre chien pouvait être aussi heureux et reconnaissant que moi.

CHAPITRE 8

Ce qui m'a frappé ce premier jour, après les présentations initiales, c'est que Sunny a été immédiatement loyal envers nous, immédiatement prêt à nous faire confiance, immédiatement attaché, nous suivant d'une pièce à l'autre, apparemment content de savoir que nous étions à proximité. Il remuait son corps avec plaisir pour montrer à quel point il était reconnaissant. Il engloutissait sa nourriture et buvait son eau avec enthousiasme, puis il s'allongeait à l'ombre, satisfait.

Il avait une raison d'être reconnaissant : il avait été littéralement sauvé du gouffre de l'enfer. Il a été choisi pour avoir un vrai foyer et un maître, pour ne plus être un orphelin abandonné, en quête d'amour, poussé par ses instincts. Nous l'avons adopté. Et tout a changé. Je crois qu'il est immédiatement tombé amoureux de notre famille. Sa loyauté était sans limites. En fait, je pouvais m'agacer de la façon dont il me suivait partout, jour après jour.

Mais la plupart du temps, je me sentais simplement très reconnaissante d'avoir ce cabot roux à la maison.

Il était ravi de se promener avec n'importe quel membre

de la famille. Ce n'est pas étonnant — quel soulagement cela a dû être d'être sorti de sa cage. Comme nous vivions dans une très petite maison avec une très petite cour arrière clôturée, il était impératif d'emmener Sunny en promenade. En fait, les « promenades » ne décrivent pas correctement l'expérience. Il s'agissait plutôt de « courses » ou de « tractions ».

Lors de la première promenade de Peter avec Sunny, mon fils avait l'air confiant et heureux, tenant Sunny en laisse. À peine Peter avait-il ouvert la porte d'entrée que Sunny a tiré sur la laisse et a galopé dans la cour avant, puis dans la rue devant la maison, Peter tirant en arrière et criant « Au pied, au pied, Sunny ! », ce qui n'a absolument rien donné. Je voulais avertir Peter de faire attention, que Sunny semblait fort et déterminé, mais je n'ai rien dit. Et je me suis même surprise à rire en regardant mon fils disparaître au coin de la rue, tenant d'une main son jean défraîchi et tirant de l'autre sur la laisse.

Vingt minutes plus tard, Peter revint à la maison, le visage bouleversé, avec un trou dans le genou de son jean et une tache de sang séché sur son coude. Il boitait plus que d'habitude. « Sunny n'est pas très obéissant », a-t-il commenté. Le visage sombre de mon fils s'est alors illuminé d'un rare sourire. « Il s'arrêtait toutes les deux secondes pour faire pipi sur tous les buissons sur le chemin. Puis il me tirait et une fois, alors que nous traversions la rue, un autre chien en laisse nous a dépassés et Sunny s'est jeté sur lui, m'a arraché la laisse des mains et il s'en est pris à ce chien. Ils se sont battus à mort, Maman ».

« Oh, zut ! » Je n'ai jamais été très douée pour ne pas montrer ma surprise.

« C'était vraiment cool, Maman. Quand Sunny a sauté sur le chien, j'ai perdu l'équilibre et je suis tombé. Mais je me suis vite relevé et j'ai dû tirer Sunny de l'autre chien et j'ai cru que j'allais me faire mordre et quand je les ai enfin séparés, j'ai cru que le propriétaire de l'autre chien allait me tuer. Je lui ai dit que je venais d'obtenir mon chien du refuge pour animaux et que j'étais vraiment désolé. »

« Elle ne m'a même pas crié dessus, Maman. Elle a juste pris son petit chien et m'a dit : « Fais attention, jeune homme. Je pense que ton chien est très dominant. Tu devrais peut-être lui faire suivre des cours de dressage ». À ce moment-là, Peter avait détaché la laisse de Sunny et tous deux étaient blottis sur le sol de la cuisine, Peter engloutissant trois biscuits et en donnant plusieurs à son chien. « C'est trop cool, non ? Et donc, puis-je, Maman ? »

« Peux-tu quoi ? »

« Puis-je emmener Sunny à l'école de dressage ? »

Je n'ai pas répondu pendant un long moment. J'assistais à un miracle. Mon fils, qui ne pouvait pas faire de sport et qui pleurait facilement lorsqu'il était blessé, ne se rendait absolument pas compte de son coude ensanglanté et souriait. Il avait parlé à un étranger et il avait l'air enthousiasmé par quelque chose. La dernière fois que Peter avait semblé aussi enthousiaste, c'était environ trois ans plus tôt, lorsque Hudson lui avait proposé de lui acheter le dernier modèle de Lego s'il tondait la pelouse.

J'ai décidé à ce moment-là que Sunny était vraiment une perle rare. Il était un véritable cadeau pour nous — une réponse très peu conventionnelle à nos prières, envoyée par un Dieu bienveillant qui avait entendu les cris de frustration et de peur de cette mère pour son fils.

CHAPITRE 9

Sunny nous est arrivée à un moment difficile de notre vie. Je travaillais à temps partiel à la bibliothèque municipale, mettant enfin à profit la maîtrise en bibliothé-conomie que j'avais obtenue avant la naissance de Fran. L'entreprise d'Hudson était de plus en plus remarquée et commençait à faire des bénéfices, ce qui signifiait qu'il voyageait constamment. Heureusement, Cara, à dix-huit ans, avait économisé suffisamment d'argent grâce au baby-sitting et à un emploi d'été chez McDonald's pour nous aider à lui payer sa voiture. C'était notre accord : elle payait la moitié de la voiture ainsi que l'assurance et l'essence. Grâce à la voiture, elle a aidé Fran à se rendre à ses nombreuses obligations sociales et Peter à ses leçons de piano, tout en s'occupant de son propre emploi du temps chargé. Ces choses, Cara les faisait à contrecœur. Elle et moi en étions à un point de notre relation où chaque mot que je prononçais était interprété comme une accusation. J'essayais de garder mon calme, mais honnêtement, j'avais l'impression que Cara était un accident en devenir. Dans les mois qui ont précédé l'arrivée de Sunny chez nous, elle était devenue renfermée et secrète. Je pense que cela s'est produit progressivement, mais j'étais tellement préoccupée par Peter et ses problèmes que je ne l'ai pas remarqué jusqu'au jour où je me suis réveillée et que ma fille enthousiaste, brillante et serviable s'était transformée en sorcière. Je ne plaisante pas.

Pendant quelques mois, j'ai essayé de lui donner un coup de baguette magique pour qu'elle redevienne la gentille fille d'antan, mais bien sûr, cela n'a pas fonctionné. Elle était trop âgée pour être renvoyée dans sa chambre, elle ignorait mes couvre-feux et, souvent, mes conversations nocturnes avec Hudson — qui m'appelait d'un hôtel du nord-est ou du midwest — tournaient autour de Cara. J'ai commencé à lui en vouloir de voyager et de me laisser seule pour m'occuper des enfants.

Fran avait une personnalité adorable et elle m'aidait généralement à préparer le dîner et à faire la lessive, mais ce petit rayon de soleil était en train de devenir la reine sociale de l'univers et je n'arrivais pas à suivre. Elle respectait le couvre-feu, faisait ses devoirs et me saluait toujours le matin d'un baiser et d'un « Bonjour, Maman ! ». Mais au fond de moi, j'avais cette peur lancinante de la perdre aussi, qu'un jour, elle se réveille et décide, comme Cara, que je suis son ennemie.

J'ai déjà parlé de Peter.

Sunny est arrivé chez nous alors que la dernière chose dont j'avais besoin était une bouche de plus à nourrir, un corps chaud de plus dont il fallait se préoccuper et s'occuper. Je n'avais certainement pas besoin d'un chien qu'il fallait promener matin, midi et soir. Même si Peter aimait son chien, c'était souvent à moi d'emmener Sunny en promenade. C'était une chose de plus à ajouter à mon emploi du temps déjà surchargé.

Pourtant, Sunny nous a apporté beaucoup de joie au cours de ces premières semaines. En fait, mes yeux se remplissaient de larmes chaque fois que je surprenais Peter étalé sur le sol à côté de son chien, inconscient de tout ce qui l'entourait.

Mais Sunny a aussi causé sa part de chagrin. En fait, je me surprenais parfois à repenser à tout ce qu'il avait fait de mal en l'espace de cinq semaines. Il m'avait mordu et j'avais dû me faire vacciner contre le tétanos. Certes, il ne l'avait pas fait exprès. Un jour, lors d'une promenade, ma jambe s'est trouvée sur le chemin de sa bouche alors qu'il s'en prenait à un autre chien. Il m'a fait trébucher et je suis tombée si violemment sur le coccyx que j'ai cru qu'il était cassé. J'ai dû m'asseoir avec le plus grand soin pendant quelques semaines. Il a mâché mes gants de jardinage tout neufs, ainsi que l'arrosoir, le tuyau d'arrosage, une ou deux chaises et la casquette de Peter. Il s'est enfui du parc dans la circulation aux heures de pointe, et j'ai couru désespérément après lui, persuadée que son prochain pas serait le dernier. Il s'est précipité hors de la maison lorsque j'ai ouvert la porte pour prendre le courrier, attaquant sauvagement un chien en laisse qui passait par là à ce moment précis. J'ai dû séparer les deux chiens sous le regard choqué et horrifié de l'autre propriétaire, une femme âgée. Heureusement, aucun des deux chiens n'a été vraiment blessé.

Ainsi, pendant les premiers jours avec Sunny, j'ai dû faire quelques sacrifices pour l'accueillir dans notre foyer (ne faisais-je pas déjà assez de sacrifices pour Hudson et les enfants ?), des sacrifices de temps, d'argent, d'articles mangés, d'inquiétude et de douleur physique. Mais c'est le prix que j'ai volontiers payé pour la joie que Sunny nous a apportée à tous, à Hudson, à moi, à Cara, à Fran et à Peter.

Surtout Peter. Nous avons tous su dès le premier jour que Sunny resterait avec nous pour toujours.

Pourtant, j'avais tendance à répéter dans ma tête toutes les choses folles qu'il avait faites et à me féliciter, au sens figuré, de tous les sacrifices que j'avais consentis. Il m'arrivait même d'énumérer ses frasques à des amis, ce qui provoquait inévitablement un ou deux rires. C'était presque comme si je tenais ses petits péchés au-dessus de sa tête pour lui rappeler à quel point j'étais une grande, gentille et aimante maîtresse. Heureusement, Sunny ne comprenait pas mon raisonnement tordu.

Un jour, alors que je déplorais la dernière prise de bec avec Cara et que j'étais furieuse de la façon dont la queue touffue de Sunny avait *accidentellement* balayait la table basse, envoyant mon vase préféré sur le sol et l'éclatant en mille morceaux, je me suis dit que j'avais de la chance que mon propre Maître ne soit pas du tout comme moi. Pendant plus de trente ans, j'ai marché (ou trébuché) avec Dieu. S'Il devait énumérer toutes les erreurs que j'ai commises en chemin, la liste irait probablement d'ici au paradis (ou à l'enfer). Mais Il ne m'a pas rappelé tous mes petits péchés. Il m'a plutôt demandé de me souvenir de Son sacrifice et de Son pardon. J'ai contemplé ce concept génial pendant que je balayais les tessons de porcelaine et, de façon tout à fait inattendue, j'ai fondu en larmes. Peut-être était-ce la fatigue et le syndrome prémenstruel, mais je crois vraiment qu'il s'agissait d'une conviction.

Ce chien me donnait une leçon ! Je posai la balayette et le petit balai et partis à la recherche de Sunny. Il était recroquevillé sous les marches, là où il aimait se cacher après ses « accidents ».

« Sunny, viens ici », l'ai-je appelé. Il me regarda fixement, ses yeux couleur rouille si innocents, sa queue battant timidement sur le sol. Il n'était pas prêt à sortir pour être puni. Je me suis alors couchée par terre dans le hall d'entrée, j'ai tendu la main et j'ai appelé à nouveau, la voix tremblante, en sanglotant. Je suppose qu'il a senti que quelque chose n'allait pas. Il s'est levé d'un bond et s'est approché de moi, les oreilles attentives, en remuant sa queue dangereuse, et il s'est assis à côté de moi. Je lui ai frotté le ventre et j'ai dit, à travers mes larmes : « Je te pardonne, Sunny. »

Je suis contente qu'il n'y ait eu personne autour de moi. Les enfants auraient pensé que j'étais bonne pour l'hôpital psychiatrique. Mais je crois que Sunny m'a compris. Il était allongé sur le dos, les oreilles ouvertes sur le sol, ce qui le faisait ressembler à une chauve-souris. Ses jambes étaient en l'air et il était complètement inconscient du fait qu'il exposait ses parties intimes à la vue de tous. Il avait toute mon attention.

Et d'une certaine manière, assise là avec ce cabot, j'ai senti que j'avais aussi toute l'attention du Seigneur et qu'Il me rappelait encore une fois : « Je te pardonne, Lanie. Je t'aime. Passons un peu de temps ensemble. »

CHAPITRE 10

Inévitablement, nous avons dû punir Sunny pour ses bêtises. Le pire — ou le meilleur — était la réaction de Sunny lorsqu'il découvrait qu'il avait fait quelque chose de mal. Par exemple, une fois, Sunny a sauté sur le banc vert dans la cour, où Peter avait momentanément posé son gant de baseball pendant qu'il allait chercher une balle, et a attrapé le gant dans sa bouche. Lorsque Peter a retrouvé son chien et le gant, Sunny avait déjà rongé l'un des doigts.

Peter a crié de sa voix de garçon : « Sunny ? Qu'est-ce que c'est que ça ? » imitant, sans s'en rendre compte, la voix que j'avais utilisée pour Peter lorsqu'il était tout petit. Sunny s'enfonça dans le sol, comme un gâteau qui tombe lorsqu'on le sort du four — complètement dégonflé. Ses oreilles se sont baissées, sa bouche de chien souriant a tremblé, ses yeux ont regardé sur le côté et il a commencé à se glisser sur le sol, loin de Peter, jetant des regards hésitants derrière lui, comme si nous ne l'avions pas vu (car les filles et moi étions sorties dans la cour pour assister à la scène) et que nous ne ricanions pas derrière nos mains de ses faibles tentatives pour dissimuler son crime.

Il refusait de regarder Peter, même si ce dernier l'appela par son nom. Au lieu de cela, Sunny essaya vainement de se cacher derrière le banc. Lorsque Peter l'a trouvé et s'est approché de lui, Sunny s'est roulé sur le dos, les pattes en l'air. Selon le manuel du chien, il s'agissait là d'une mesure d'autodéfense. En pleine capitulation, sur le dos, la peur dans les yeux, il disait à Peter : «Je suis désolé. S'il vous plaît, ne me faites pas de mal, s'il vous plaît. »

Peter gronda son chien à demi-mot sous le regard de Cara, Fran et moi, le rire aux lèvres.

«Il est tellement hilarant», dit Cara, dans un rare moment de bonne humeur. « C'est comme s'il pensait qu'il pouvait disparaître et s'en sortir avec ce qu'il a fait. C'est un chien intelligent, mais quand il se comporte mal, il est vraiment stupide ».

J'ai regardé ma fille sans oser dire un mot. J'avais envie de dire : « *Oui, ma chérie, cela ressemble à quelqu'un que je connais* ». Puis j'ai réalisé que Cara n'était pas la seule à faire la même chose lorsqu'elle était prise en flagrant délit. J'ai souvent réagi de la même manière que Sunny, m'éloignant de la présence du Seigneur, ignorant Sa douce voix qui m'invitait à revenir. Ce jour-là, dans notre jardin, je me suis confessée à moi-même — et au Seigneur — que j'avais beaucoup de mal à admettre ma culpabilité et à demander Son pardon. Au lieu de cela, j'avais tendance à me cacher, à faire la moue ou à trouver des excuses, puis, lorsque la conviction était trop forte, je me retournais et disais, trop rapidement et sans remords, «Désolé, Dieu ! Pardonne-moi, s'il te plaît», espérant ainsi échapper aux consé-quences.

Ce jour-là, j'ai décidé que Sunny n'était pas le seul à avoir besoin de leçons d'obéissance. Moi aussi, j'aurais besoin de quelques-unes.

CHAPITRE 11

Un après-midi d'automne, alors que les feuilles commençaient à glisser des arbres et que l'air était vif et frais, la Femme Douce nous a emmenés, Mon Garçon et moi, dans la campagne en voiture. Je me suis assis sur la banquette arrière, le nez collé à la fenêtre, la brise transportant une centaine de parfums différents. Il y avait du chèvrefeuille et les dernières mûres sauvages — que j'aime en fait — et l'odeur des feuilles mortes et du foin fraîchement coupé. Nous sommes arrivés dans un champ ouvert où d'autres voitures étaient garées. Une maison se trouvait à l'arrière et, sur la droite, il y avait une zone clôturée. Je me suis levée d'un bond, j'ai posé mes pattes sur la fenêtre et j'ai remué mon corps avec excitation. Je sentais des chiens ! Beaucoup, beaucoup de chiens, mâles et femelles, juste devant moi. J'ai aboyé pour leur faire savoir que j'étais arrivé. J'avais hâte de sortir de la voiture et de commencer à marquer mon territoire.

Lorsque Mon Garçon a ouvert la porte, j'ai bondi, jappant et tirant sur une laisse attachée à une sorte de collier à maillons. Je m'étouffais si je tirais trop fort.

Pourtant, la perspective de rencontrer d'autres chiens m'a envahie et j'ai tiré d'autant plus fort.

Cet endroit semblait être le terrain de jeu idéal. Des chiens et des humains, et pas de Cages ! Juste de larges clôtures en bois que n'importe quel chien pouvait franchir pour s'élancer dans la campagne, à la poursuite de lapins et d'oiseaux. Le seul problème, c'est que nous devions tous rester en Laisse.

Mon Garçon tenait l'autre extrémité de la Laisse, mais il n'était pas vraiment préparé à mon excitation. Je me suis précipité vers la clôture et j'ai aboyé pour saluer les autres chiens — il y en avait probablement une douzaine, dont certains n'étaient que des chiots. Quelques-uns ont réagi à mes aboiements, mais leur maître ou maîtresse a alors tiré brusquement sur la Laisse. Étonnamment, ils se sont alors calmés. Nous portions tous le même type de collier autour du cou et une forte traction sur ce collier nous faisait réfléchir à deux fois avant d'aboyer à nouveau.

Je dois dire que, même si j'étais très excité à l'idée de voir d'autres chiens, je craignais énormément les mâles. Les souvenirs de la Cage et des autres chiens qui me sautaient dessus, me menaçaient et me mordaient me sont revenus dès que j'ai senti l'odeur d'un autre mâle. Je pense que j'ai effrayé les humains avec ma façon de me précipiter sur les autres chiens, les dents serrées et en aboyant férocement. Mais je devais le faire pour me protéger et pour protéger Mes Humains. Ils n'ont jamais semblé comprendre. J'aurais aimé qu'ils comprennent que ces réactions étaient pour notre bien à tous.

À l'intérieur de la clôture, il y avait un Homme Fort qui formait les humains et leurs chiens. Il avait les cheveux longs, il était grand et trapu, exactement le genre d'homme qui me faisait peur. Mon Garçon m'a emmené à l'intérieur de la clôture où j'ai rejoint les autres chiens en poussant un joyeux glapissement. Il m'a dit « Chut ! » et m'a tiré dessus, mais en vain.

L'Homme Fort s'est approché de nous et a pris la Laisse. Mon Garçon se tenait sur le côté du grand espace clôturé avec la Femme Douce et regardait l'Homme Fort me faire faire le tour.

Je n'aimais pas cet homme ! Chaque fois qu'il criait « Au pied » — ce qui ne signifiait absolument rien pour moi à l'époque — il tirait sur la Laisse avec une telle force qu'il me soulevait littéralement du sol et me balançait en arc de cercle, m'étranglant. N'importe quel chien serait furieux de ce traitement. Je l'étais certainement. Il n'était pas mon Maître. Je voulais être le chef. Je lui ai donc fait savoir de la meilleure façon possible que je n'étais pas du tout content de lui. J'ai levé la patte et j'ai pissé sur son jean.

Il l'a remarqué, mais au lieu de me laisser faire, il a tiré encore plus fort et a crié « Au pied » encore et encore. Je lui ai pissé dessus trois fois de plus avant de finalement céder et de marcher à ses côtés. J'ai décidé que cela valait la peine de céder — pour le bien de mon pauvre cou endolori. Dès que j'ai obéi, il s'est baissé pour me caresser et m'a dit « Bon Chien » encore et encore.

Je me suis alors rendu compte que l'Homme Fort était aussi un homme bon qui essayait simplement de m'enseigner. Une chose qui m'est venue facilement, c'est que je pouvais apprendre. En fait, j'*aimais* apprendre des choses des humains. J'aimais particulièrement la façon dont ils me félicitaient lorsque j'accomplissais une tâche. Les chiens aiment rendre les humains heureux.

Alors, pour les rendre heureux, j'ai appris ce que les humains voulaient dire lorsqu'ils disaient « Au pied », « Viens », « Pas bouger », « Assis », « Danse » et « Parle ». Et

« Bon Chien ». J'aimais entendre « Bon Chien » parce que cela signifiait généralement que j'allais avoir quelque chose à manger. Mes Humains ne semblaient pas se rendre compte que j'avais constamment faim. Chaque fois qu'ils me donnaient l'occasion d'être un « Bon Chien » — en obéissant à l'un de ces autres ordres — je la saisissais. Un chien est prêt à tout pour obtenir de la nourriture !

Je suis allé assez souvent dans cet endroit à la campagne avec la Femme Douce et Peter. La chose la plus importante que j'ai apprise à la campagne est la suivante : les humains aiment que les chiens obéissent. La plupart du temps, ce n'était pas difficile pour moi.

J'ai aussi appris les prénoms de Mes Humains. La Femme Douce avait plusieurs noms. Les enfants l'appelaient « Maman », mais quand d'autres personnes venaient à la maison, ils l'appelaient « Lanie ». Le Grand Homme l'appelait simplement « Chérie ». C'est le nom que je préférais pour elle.

Les filles étaient « Cara » et « Fran » et le Grand Homme était « Papa » ou « Hudson » ou « Chéri ».

Mais le meilleur prénom de tous est celui qu'ils ont donné à Mon Garçon. « Peter ». J'aimais ce nom. J'aimais le son, le rythme, la cadence. Peter. Mon Peter.

Moi aussi, j'avais un prénom. Ils m'appelaient souvent « Bon Chien » et parfois « Mauvais Chien », mais mon nom préféré était celui de Peter qui s'asseyait à côté de moi, caressait mon pelage et m'appelait « Sunny ».

CHAPITRE 12

Après presque deux mois et demi avec Sunny, nous avons décidé que Peter avait raison. Ce chien avait besoin d'aller à l'école de dressage. Il n'était certainement pas comme les chiens que nous observions jalousement et qui marchaient calmement à côté de leurs maîtres sans laisse. Sunny était peut-être maltraité et craintif, mais dès qu'il rencontrait un autre chien mâle, il essayait de l'attaquer. Il y est parvenu à deux reprises, alors qu'il était tenu en laisse. Même en l'absence d'autres chiens, il s'est acharné sur la laisse, tirant et tirant et se montrant totalement désobéissant.

C'est donc par une belle journée d'octobre, avec une légère brise dans l'air, que nous nous sommes rendus à l'école de dressage. L'instructeur, un homme âgé nommé Hank, profondément bronzé par une vie passée au grand air, avec la sagesse et l'amour des animaux gravés sur son visage, nous a expliqué le principe de la mise au pas d'un chien. Une douzaine d'autres couples maître-chien se sont immédiatement mis au travail. Comme c'était notre premier jour, l'instructeur nous a proposé de prendre Sunny et de lui montrer comment l'éduquer. Nous avons observé Hank qui, patiemment, avec une force silencieuse, a maintenu Sunny, encore et encore, pour le forcer à se mettre au pied. Finalement, Sunny a compris et obéi, mais pas avant d'avoir aspergé le vieil homme trois fois pour lui montrer, je pense, à quel point il était agacé et offensé.

Lorsque Hank nous a rendu Sunny, je me suis excusé pour les mauvaises manières de notre chien. L'homme a souri et a dit : « Ce n'est pas la première fois que cela arrive. Mais vous devez vous rendre compte, madame, que vous avez un chien extrêmement dominant. »

Lors de sa troisième leçon à l'école de dressage, Sunny avait appris « Au pied », « Viens », « Pas bouger », et « Assis ». Étonnamment, Peter l'a lâché à côté de six autres chiens, a dit « Pas bouger » et a marché jusqu'à l'autre côté du corral. Peter s'est arrêté, s'est retourné pour regarder Sunny et le chien n'a pas bougé. Peter prononça alors un seul mot, « Viens », et Sunny bondit à travers le corral, sans se soucier des autres chiens, bien décidé à rejoindre son maître.

Sunny a également appris à s'asseoir patiemment, le museau en l'air, pendant que Peter remplissait un bol de bœuf fraîchement haché et le plaçait juste devant lui. Le chien n'a pas bronché. J'étais impressionnée. L'école de dressage semblait fonctionner. En outre, Peter lui a appris à « donner la patte », à « demander » quelque chose, à « rouler » et à « danser ». Sunny semblait également comprendre qu'il était interdit d'attaquer un autre chien, quoi qu'en dise son instinct. Lorsqu'il obéissait aux ordres simples de Peter, Sunny était récompensé par un « Bon chien ! » et une friandise. Il remuait la queue ; il semblait ravi d'avoir fait plaisir à son maître. C'était un grand progrès.

C'est ainsi que j'ai commencé à emmener Sunny au parc situé en bas de la rue de notre maison, l'après-midi, lorsque je revenais de la bibliothèque avant que Peter ne rentre de l'école. Hank nous avait appris qu'un mâle dominant en laisse se montrerait naturellement agressif à l'approche d'un mâle en liberté, car le chien en laisse se sentait menacé dans son territoire. Hank avait raison. Sunny s'est élancé en laisse vers les autres chiens qui couraient en liberté. D'autres propriétaires m'ont incité à le laisser en liberté. J'ai hésité. Oui, Sunny avait cessé d'attaquer les autres mâles à l'école de dressage, mais je n'étais pas sûre de ses réactions au parc. Mais étonnamment, dès que je lui ai enlevé la chaîne du cou, il est parti à toute allure, galopant et batifolant avec ses nouveaux amis.

Le parc est devenu pour Sunny un lieu d'apprentissage de la liberté, de l'amusement et de l'obéissance, ainsi qu'un lieu de rencontre avec des amis. Il lui a fallu un certain temps pour gagner ma confiance, mais petit à petit (après avoir attaqué plusieurs chiens et avoir été sévèrement réprimandé), je l'ai laissé sans laisse dès que j'arrivais au parc, et pendant les trente prochaines minutes, Sunny galopait à sa guise dans les hautes herbes. Le paradis était venu sur terre pour Sunny. L'un de mes souvenirs préférés est celui de ce premier automne, avec les feuilles dans leurs teintes cuivrées et le cabot cuivré qui courait sous les arbres, à toute vitesse, presque parallèle au sol, un flou rouge se frayant un chemin dans l'herbe.

Hank nous avait dit que nous avions un chien intelligent. Au parc, j'ai appris que nous avions un chien rapide, très rapide. Dans les années à venir, je serai toujours reconnaissante pour cela.

CHAPITRE 13

La Femme Douce aimait peindre.

Le matin, tous Mes Humains me laissaient seul à la maison. En général, je restais dehors, dans la cour arrière clôturée, où je pouvais courir dans l'herbe et observer les écureuils dans le poirier. Je n'avais jamais le droit d'aller dans la cour de devant, sauf quand Mon Garçon était avec moi. Une longue allée partait de la rue et allait jusqu'à l'arrière-cour. Un portail en fil de fer fixé à la clôture en fil de fer divisait l'allée en deux parties : la cour avant et la cour arrière. Au bout de l'allée, à l'arrière, il y avait un garage ouvert où les humains gardaient leur voiture et entreposaient toutes sortes de choses, comme les peintures de la Femme Douce. Dès que j'entendais le bruit d'une voiture qui passait, je me précipitais vers la barrière métallique, j'aboyais, je regardais et j'attendais.

Au milieu de la journée, la Femme Douce conduisait la voiture dans l'allée, ouvrait le portail grillagé, me chassait du chemin et rentrait la voiture dans le garage. J'étais toujours excité lorsqu'elle rentrait à la maison, car cela signifiait qu'elle allait m'emmener faire une promenade dans le parc ! Lorsque nous revenions de notre promenade, elle s'asseyait sur le canapé dans le salon avec son gros livre et le lisait pendant un moment. Parfois, elle parlait à voix haute, mais je voyais bien qu'elle ne s'adressait pas à moi.

Puis elle allait dans le garage pour sortir ses peintures. J'aimais bien quand elle sortait les peintures. J'aimais cette odeur, un mélange d'acide, d'huile et de nouveauté. Elle utilisait de petits pinceaux qu'elle trempait dans différentes couleurs et qu'elle transférait ensuite sur un grand tableau blanc. Petit à petit, le tableau se remplissait de couleurs.

Mais un jour, elle a décidé de peindre un Banc. C'était un vieux Banc que le Grand Homme avait trouvé au bord de la route — je le sais parce que j'étais avec lui — et le Grand Homme avait mis du bois neuf aux endroits où le bois était pourri, puis la Femme Douce l'avait peint d'une couleur foncée. Elle fredonnait et chantait pendant qu'elle peignait. Elle était heureuse. Pendant longtemps, elle ne m'a pas laissé m'approcher du Banc. Je voulais lui obéir, mais ce parfum agréable de neuf et d'acide m'attirait toujours.

Lorsque le portable a sonné et qu'elle a répondu (les humains aiment parler fort dans cet appareil, même s'il n'y a personne d'autre à proximité. Au moins, quand ils parlent, cette horrible sonnerie qui me fait mal aux oreilles s'arrête), je suis allé dans le garage et j'ai reniflé le Banc. J'allais lever la patte pour le marquer afin que tout le monde sache que c'était Mon Banc, quand la Femme Douce est entrée précipitamment dans le garage et a crié : « Arrête ! ». Elle m'a attrapé par le collier et m'a fait entrer dans la maison. Plus tard, le Banc serait dans la cour et je l'asperge-rais de mon urine. Mais ce jour-là, j'ai simplement obéi et je suis resté dans la maison, m'efforçant de lécher une étrange substance qui s'était collée à ma fourrure. C'est drôle. Ça sentait beaucoup le Banc.

CHAPITRE 14

Parfois, je pense que mon cœur est très dur. Parfois, il est raide, comme des muscles qui n'ont pas été utilisés depuis longtemps. Mais parfois, Seigneur, il se brise. Il se brise de cette manière qui signifie qu'il est vraiment en train de battre. Ce n'est pas toujours une chose déchirante et horrible qui me brise le cœur. Souvent, c'est la plus simple des scènes ou un souvenir soudain qui commence à me faire mal quelque part au fond de moi. Une bonne douleur, comme lorsque les muscles raides et inutilisés ont fait un bon entraînement et qu'ils sont ensuite endoloris.

Qu'est-ce qui a touché mon cœur pendant la première année où Sunny était avec nous ? C'est en regardant la petite cour arrière par les grandes fenêtres de la salle de séjour que j'ai vu ce beau chien recroquevillé et endormi sur le banc vert qui n'avait jamais été conçu pour lui. Mes larmes ont coulé et j'ai souri. Ce cabot fou et adorable avait apporté tant de joie dans nos vies. Il avait semé la pagaille, abîmé des tapis et des chaussures et usé l'herbe de la cour.

Il s'était même couvert de peinture verte que j'ai finalement dû découper dans sa fourrure.

Mais cela valait la peine de supporter ses pitreries.

C'est pourquoi j'ai souri à travers les larmes en le voyant s'étaler sur le banc de façon inhabituelle. D'habitude, il gambadait follement dans la petite cour clôturée. Mais ce jour-là, il était endormi et si paisible. Sauvé de ce que nous appelions « la fosse de l'enfer », il avait trouvé un foyer où il était certainement aimé. Il faisait en effet partie de la famille.

Cela m'a également touché le cœur de voir Peter, lorsqu'il était dans l'une de ses humeurs colériques et silencieuses (ce qui semblait arriver de plus en plus souvent), aller dans le garage et faire des câlins à Sunny. Il a enfoui son visage dans sa fourrure couleur rouille et lui a parlé gentiment, et la colère s'est dissipée. Sunny m'a appris que parfois, la meilleure chose à faire pour Peter était d'être là, sans dire un mot, et de lui permettre d'être en colère ou triste.

Cela me touchait le cœur de voir Peter dépenser son énergie inépuisable dans des combats de lutte avec son chien. La plupart de ses sweat-shirts et de ses T-shirts étaient troués depuis que Sunny était chez nous, mais qui s'en souciait ? Un garçon et son chien !

J'ai également ressenti cette douleur en observant Sunny qui attendait que Peter rentre de l'école. C'était sa façon d'attendre, avec ses oreilles. Sunny avait tant de façons d'exprimer ses émotions, mais surtout avec ses oreilles. Les oreilles humaines ne bougent pas comme celles des chiens. Il était tranquillement allongé dans la cour arrière en train de somnoler. Il devait alors entendre quelque chose. Je n'avais certainement rien entendu. Mais soudain, il était conscient, au garde-à-vous, toujours couché sur le ventre sur le ciment, mais ses oreilles étaient maintenant dressées vers l'avant. Il a penché la tête et ses yeux se sont animés d'une expression. Il s'est redressé, les oreilles dressées et abaissées. Puis il était sur ses pattes, la queue commençant à remuer, et alors qu'il se tenait debout, les oreilles dressées, il regardait la rue d'un air vif et plein d'espoir et s'élançait en courant vers le portail grillagé. Parfois, le chien ressemblait davantage à un poulain, gambadant et galopant, l'arrière-train ramassé sous lui tandis qu'il bondissait dans un rythme régulier de montée et de descente. Dès que Peter a ouvert le portail, Sunny a sauté, les pattes sur la poitrine de Peter, l'accueillant avec un glapissement de joie, et j'ai entendu le son étonnant d'un rire crépitant venant de mon fils. J'ai observé tout cela de loin. J'ai regardé et j'ai essuyé les larmes de mes yeux parce que cela m'a touché au cœur.

Un jour, en regardant cette scène, j'en suis venu à la conclusion que je voulais saluer mon Seigneur de la même manière que Sunny saluait Peter — en attendant avec impatience Sa présence et en courant joyeusement dans Ses bras.

CHAPITRE 15

J'étais avec Mes Humains depuis un bon moment. La neige était venue et repartie, les arbres avaient dégagé leur parfum de fleurs puis de fruits, l'herbe était devenue verte puis presque brune sous le soleil chaud, chaud. Finalement, Peter, Cara et Fran ne sont pas partis tôt le matin. Au lieu de cela, j'attendais impatiemment que Mon Garçon descende. Je n'avais pas le droit de monter les marches, mais plusieurs fois, lorsque les Humains me laissaient seule dans la maison, je me faufilais jusqu'en haut pour jeter un coup d'œil.

Mais Mon Garçon mettait du temps à descendre le matin. L'attente en valait la peine, car après avoir mangé, on sortait dehors, avant que le soleil ne devienne trop chaud, et nous jouions à la balle. Encore et encore, je poursuivais la balle de tennis ou la balle de baseball et je la lui apportais.

Les humains protégeaient Mon Garçon parce qu'il boitait. Je ne savais pas pourquoi, ce qui s'était passé. Peut-être avait-il eu la Pire des Journées, comme moi. Je savais seulement qu'il se déplaçait plus lentement que les

autres enfants de son âge et que cela lui faisait peur. Je
sentais la peur sur lui. Les filles, Cara et Fran, invitaient
souvent des amis à la maison — d'autres enfants de leur
âge avec lesquels elles jouaient. Mon Garçon, lui, ne rece-
vait que rarement des amis.

La Femme Douce s'inquiétait pour Mon Garçon. J'ai
senti l'inquiétude comme j'ai senti la peur. Elle l'observait
de loin. Elle ne lui parlait pas souvent, mais elle l'observait.
Parfois, après que Mon Garçon avait passé du temps avec
moi, la Femme Douce avait l'air soulagée. J'aurais aimé
pouvoir lui dire qu'elle n'avait pas à s'inquiéter pour Mon
Garçon. Il ne me ferait jamais de mal. Et son cœur était fort.
Et je le protégerais toujours. Il m'a sauvée. Je ne le quitterais
jamais. Jamais.

Un jour de canicule, Mon Garçon m'a mis en Laisse et a
mis un sac à dos sur son dos. C'était l'aventure ! Mon
Garçon avait rempli son sac à dos de nourriture. Je pouvais
sentir l'odeur du bœuf, du pain, du thon et d'autres choses
merveilleuses que je n'avais normalement pas le droit de
manger, mais que je savais que j'obtiendrais lorsque je
serais seul avec Peter. Nous partagions tout.

J'ai sauté à l'arrière de la voiture. C'était toujours ma
place lorsque Peter me sifflait et m'appelait « Viens,
Sunny ! » et qu'il frappait le côté de la voiture. J'ai sauté
dans le coffre ouvert, jappant à ma manière joyeuse et
remuant la queue. Qu'y a-t-il de mieux qu'une promenade
en voiture avec Mon Garçon ? La Femme Douce et le Grand
Homme s'installèrent sur le siège avant de la voiture. Le
Grand Homme conduisait et Mon Garçon s'asseyait à l'arrière, se penchait sur le siège et me caressait. Il faisait
toujours attention à ce que je n'aie pas peur. Bien sûr, je
n'avais pas peur. J'étais avec lui !

Ce jour-là, nous avons roulé longtemps, puis le Grand

Homme a garé la voiture à l'ombre de grands arbres. Mon Garçon a bondi du siège arrière, a ouvert le coffre et a crié : « Viens, Sunny ! » et j'ai bondi, fou de joie. La Femme Douce semblait à nouveau inquiète, mais le Grand Homme l'a prise dans ses bras, a souri, nous a salués et a dit quelque chose à Mon Garçon, puis ils sont partis. J'ai remué la queue en les regardant partir, la Femme Douce regardant en arrière par-dessus son épaule avec ce liquide qui coulait sur son visage.

CHAPITRE 16

Près d'un an après l'arrivée de Sunny chez nous, Peter a insisté pour l'emmener camper, tous les deux, seuls sur le sentier des Appalaches, pendant une nuit et deux jours. Nous avons été choqués par cette proposition. Notre fils ? Le fils qui se recroquevillait en cours d'éducation physique voulait camper seul sur le sentier avec son chien ?

« Ce sera une bonne expérience — un garçon et son chien. Ne t'inquiète pas. Tu t'inquiètes trop, Lanie », dit Hudson.

Mais il savait que j'avais de bonnes raisons de m'inquiéter. Avant l'accident, Peter n'avait pas l'habitude de se recroqueviller dans l'EPS. Il avait des amis, beaucoup d'amis. Hudson et moi en avions parlé à plusieurs reprises. Peter était un scout dévoué et un bon athlète. Il jouait au football et aimait aller camper avec son père et ses amis.

Je ne peux pas écrire la suite sans avoir le cœur serré.

L'accident s'est produit lors d'une excursion de camping sur le sentier des Appalaches.

Hudson avait pour tradition d'emmener chacun de nos

enfants en voyage pour son dixième anniversaire. Avec Cara, ils sont allés dans l'Ouest dans un ranch et ont fait de l'équitation. Fran, quant à elle, a choisi un séjour de ski dans le Colorado.

Peter a choisi de faire du camping le long du sentier des Appalaches avec son père, son meilleur ami, Matthew, et le père de ce dernier, Mike. Cinq jours de randonnée, de canoë et d'escalade. Une sortie parfaite, une façon idéale pour Hudson et son fils de célébrer le dixième anniversaire de Peter, même s'il était plus proche de son onzième.

Que dire d'un accident bizarre ? Un canoë qui s'est renversé. Le pied d'un garçon qui s'est pris dans les rochers sous l'eau. Un autre garçon qui a plongé pour libérer la jambe de son ami et qui s'est cogné la tête contre un rocher et a perdu connaissance. Un père qui est allé chercher son garçon inconscient et un autre qui est resté pour libérer son fils, qui a dû casser la jambe, une terrible cassure, pour la déloger. Le garçon qui hurlait de douleur, le père qui l'a traîné jusqu'au rivage et l'a laissé là, puis a suivi l'autre père à la recherche du fils inconscient. Le garçon qui est resté allongé dans une douleur atroce pendant une heure ou plus, tandis que les pères cherchaient et cherchaient et cherchaient son ami. La nuit qui est tombée et les médecins qui sont venus emmener le garçon blessé à l'hôpital et le père déchiré entre partir avec son fils ou continuer avec son ami et les gardes forestiers dans une recherche futile.

Que peut-on dire ?

Finalement, Peter a été transporté par avion à l'hôpital General County, dans notre ville. La fracture de sa jambe était si grave qu'elle a dû être remise en place trois fois. Elle a fini par guérir, mais pendant des années, Peter a boité de façon prononcée.

Le corps de Matthew a été retrouvé par un pêcheur une semaine plus tard, beaucoup plus loin dans la rivière.

Qui peut se remettre d'une telle tragédie ? Une centaine de questions posées. Pourquoi notre fils a-t-il été épargné et Matthew enlevé ? Un long *pourquoi*, bas, gémissant, qui nous restait en travers de la gorge et nous glaçait par son silence.

Et Peter, muet et maussade, se posait ses propres questions, encore et encore, dans sa tête. *Pourquoi ai-je voulu aller camper ? Comment ai-je pu laisser le canoë se renverser ? Comment mon pied s'est-il coincé ? Pourquoi Matthew a-t-il dû plonger dans la rivière ? Pourquoi s'est-il cogné la tête sur un rocher ?*

C'étaient des questions sans réponse, mais ce que je savais, la réponse que j'avais, c'est qu'après cet horrible événement, Peter n'avait plus jamais été le même.

Puis Sunny est venu chez nous et nous avons ressenti un regain d'espoir.

J'ai regardé mon mari regarder son fils tandis que Peter et Sunny s'éloignaient sur le sentier, le même sentier qu'il avait emprunté il y a deux ans, avec Hudson, Matthew et Mike. Nous devions le laisser partir, un garçon de treize ans qui boitait, un garçon qui avait besoin de revivre, d'aventure, de savoir que nous lui faisions confiance et de prouver qu'il pouvait aller de l'avant.

Je les ai regardés partir en pleurant.

À ce moment-là, Sunny est devenu bien plus que le chien doux et légèrement névrosé que nous avions sauvé de la SPA. J'ai mentalement transféré un énorme poids de responsabilité à ce cabot. Sunny allait protéger mon fils. Il devait le faire.

J'ai prié le Seigneur, je me suis raclé la gorge et j'ai failli me pencher par la fenêtre et crier : « S'il vous plaît, ne vous approchez pas de la rivière ». Au lieu de cela, nous nous sommes à nouveau salués, et j'ai fait en sorte que ma voix soit légère, même si les larmes brouillaient ma vision. J'ai chassé les larmes, j'ai ouvert la bouche et j'ai dit : « Amusez-vous bien. »

CHAPITRE 17

Un chien ne peut pas être plus heureux que seul dans les bois avec Son Garçon. Je trottinais à côté de Peter, lui léchant de temps en temps la main, puis bondissant en avant pour chasser un écureuil et marquer un autre arbre comme le mien. C'était simplement ma façon de dire : « Je suis passé par là, les gars, alors faites attention ! N'approchez pas ! » Mon Garçon s'impatientait parfois de mes nombreuses haltes pour arroser un buisson ou une plante.

Les humains ont du mal à comprendre l'importance de l'urine.

Nous avons marché le long d'un magnifique sentier avec des odeurs qui me parvenaient de toutes les directions — des odeurs sauvages, des odeurs libres de feuilles mourantes et d'écorces épaisses sur les arbres et les buissons qui appelaient de partout à être marquées comme étant les miennes.

Il y avait d'autres odeurs qui me rendaient méfiant. Des odeurs d'animaux que je ne reconnaissais pas, des odeurs de mères avec leurs petits. Nous rencontrions parfois d'autres humains sur le sentier, et de temps en temps un chien, mais les habitants les plus probables étaient un éventail d'oiseaux, de papillons et de lézards différents, en train de cuire au soleil sur un rocher. De temps en temps, Peter me laissait poursuivre un écureuil gris bien dodu jusqu'à ce qu'il grimpe dans un arbre tandis que j'aboyais en le suppliant de redescendre. Aucun écureuil ne m'a jamais écouté.

Mon Garçon semblait savoir exactement où il allait, mais après plusieurs heures de marche, il était fatigué. Je m'en suis rendu compte parce qu'il boitait de façon plus prononcée et qu'il a ralenti son allure. Je me suis donc allongée à l'ombre d'un arbre, tandis qu'il appuyait son dos contre le tronc, et nous avons bu de l'eau, grignoté de la nourriture et nous sommes reposés.

J'ai été surpris de voir que Mon Garçon savait faire des choses, beaucoup de choses, comme monter une tente et allumer un feu avec des bâtons, des pierres et une allumette qui s'enflammait dans la nuit. J'ai vu dans ses yeux une confiance que je n'avais jamais vue depuis que nous étions ensemble, et cela m'a fait remuer la queue et lui lécher les bras de cette façon qui le faisait rire comme un Petit Garçon.

Pendant la nuit de camping, je dormais dans la tente, blottie contre Mon Garçon — il s'était enveloppé dans un sac de couchage — quand j'ai été réveillée par un bruit. Ce bruit était proche et l'odeur me fit comprendre qu'il s'agissait d'un de ces animaux que je n'avais jamais rencontrés auparavant, mais dont ma mère m'avait parlé il y a longtemps, un animal énorme rendu féroce à cause de ses petits. J'ai sauté sur mes pieds et j'ai commencé à gémir. Je n'aimais pas l'odeur de cet animal. Il sentait la colère et le danger. J'ai encore gémi et j'ai léché Mon Garçon, qui s'est enfin réveillé. Il m'a caressé et j'ai vu qu'il voulait se rendormir, alors je lui ai donné un petit coup avec mon museau, puis je l'ai poussé et j'ai gémi à nouveau.

Il m'a posé une question, puis il a pris sa lampe de poche, s'est approché du rabat de la tente et a regardé dans l'obscurité. Maintenant, j'aboyais, je l'avertissais. L'animal était proche, très proche et en colère. Je peux sentir la colère.

Je me suis précipitée dans la nuit et j'ai trouvé un gros animal noir — ce que les humains appellent un ours — debout sur ses pattes arrière et essayant de faire tomber le sac à dos que Mon Garçon avait accroché en haut d'une branche d'arbre. Quand l'Ourse m'a vu, elle a grogné, ses crocs blancs brillant dans la nuit. Un ourson, à peu près de ma taille, s'est blotti près d'elle. J'ai serré les jambes et j'ai montré mes crocs, et mes poils se sont dressés sur ma colonne vertébrale. J'ai aboyé à Mon Garçon et lui ai dit de se mettre à l'abri. Mais les Humains ne comprennent jamais vraiment ce que j'essaie de leur dire.

Mon Garçon avait peur et ne savait pas quoi faire. Je sentais la terreur sur lui. Il m'appelait, essayant de me dire quelque chose. « Reste ! Reste, Sunny ! » répétait-il sans cesse. Mais je n'allais pas rester là pendant que cette mère Ourse noire lui courait après. Il craignait pour lui-même, mais il avait encore plus peur pour moi, et je l'aimais encore plus pour cela.

La mère Ourse grogna, se dressa sur ses fesses et frappa l'air de ses énormes pattes. Finalement, elle fit tomber le sac à dos de la branche de l'arbre. Il tomba sur le sol à côté de moi. Je savais ce que je devais faire. J'ai pris la courroie du sac à dos dans ma bouche et je l'ai traîné à côté de moi en courant. Il n'était plus très lourd, car nous avions consommé la plus grande partie de son contenu au cours de notre première journée de camping. Je savais que l'Ourse voulait la nourriture qu'il contenait. Elle n'en avait pas après Mon Garçon. Je l'ai entendu grogner à nouveau, puis j'ai entendu le bruit de son corps lourd qui me suivait.

Mon Garçon a commencé à grimper à un arbre, lentement, dans l'obscurité, en me criant dessus, et j'ai couru, en tenant la courroie dans ma bouche et en la tirant derrière moi, loin de Mon Garçon. J'ai entendu l'Ourse s'enfoncer dans les bois pour me rattraper. Dans un instant, elle se jetterait sur moi, me dévorant moi et le contenu du sac à dos. Mais j'ai laissé tomber le sac et j'ai continué à courir. Elle ne m'a pas suivi. Au contraire, l'Ourse s'est arrêtée. J'ai continué à courir plus loin dans les bois.

Plus tard, je suis retourné à l'endroit où j'avais laissé tomber le sac à dos. J'ai vu l'endroit où l'Ourse l'avait déchiré d'un coup de patte énorme. Elle avait trouvé la nourriture, l'avait dévorée — ou peut-être donnée à son petit - et s'était ensuite éloignée. J'ai suivi son odeur, soulagé de constater qu'elle était partie dans la direction opposée à celle où j'avais laissé Mon Garçon. J'ai attendu et observé, mais l'Ourse et son petit ne sont pas revenus. J'ai pris le sac à dos entre mes dents et je l'ai tiré à côté de moi en remontant le chemin jusqu'à Mon Garçon.

Il était là, toujours dans l'arbre. Quand il m'a vu arriver, il a crié de joie, a sauté de son perchoir et m'a serré fort dans ses bras. Il pleurait. Je sentais le liquide de ses yeux sur ma fourrure.

Mais il était en sécurité. J'avais effectué mon travail. J'avais protégé Mon Garçon.

CHAPITRE 18

La tragédie peut-elle frapper deux fois au même endroit ? Tout ce que je sais, c'est qu'après avoir récupéré Peter et Sunny — et le sac à dos déchiqueté — à l'endroit prévu, et que Peter ait raconté leur aventure dans le moindre détail, décrivant la scène depuis sa position sur une branche d'arbre, il y avait une douce confiance dans sa voix. Cette fois, la tragédie potentielle s'était transformée en triomphe. Encore et encore, Peter raconta comment Sunny l'avait réveillé dans la nuit, comment l'ourse noire affamée avait grogné et s'était dressée sur ses pattes pour essayer de s'emparer du sac à dos, comment il s'était écorché les jambes en grimpant sur ce maigre pin et comment il avait craint que la branche ne se brise sous son poids. La partie de l'histoire que Peter a préférée est la description de l'ours qui déloge le sac à dos et de Sunny qui l'attrape, avant que l'ours ne puisse réagir, et l'emporte loin.

« Il me protégeait, Maman. À chaque étape. Sunny l'a fait. Il a couru vite. Il a obligé l'ours à le poursuivre. Sunny m'a sauvé la vie. »

Ensemble, le garçon et le chien avaient déjoué les plans de la mère ourse.

Je ne sais pas ce qui serait arrivé à mon fils si l'ours avait attrapé son chien. Je ne peux pas l'envisager. Je sais seulement que j'ai remercié Dieu que notre fidèle chien soit aussi un chien rapide et intelligent.

Et je sais que Peter est revenu de cette expérience plus homme, plus confiant, plus déterminé. Le feu qui était dans les yeux de l'ancien Peter est également revenu. Et je pense sincèrement qu'il boitait moins. Il est devenu presque férocement protecteur de son chien, et il ne m'a pas laissé jeter le sac à dos déchiré. Pendant des années et des années, il a été accroché à un clou sur le mur de la chambre de Peter. Je pense qu'il l'a gardé pour se rappeler que certaines tragédies évitées de justesse finissent par s'arranger. Ou peut-être qu'il l'a simplement gardé comme preuve que son chien lui a sauvé la vie.

J'ai décidé que cette nouvelle confiance venait du fait que Peter et Sunny formaient une équipe, une très bonne équipe.

CHAPITRE 19

Certaines images restent à jamais gravées dans l'esprit d'une mère. Certaines de mes images préférées datent du jour où Peter a eu quinze ans. Avec une timide confiance en lui, il a laissé pousser ses cheveux plus longtemps, de sorte qu'ils s'enroulaient doucement sur les pointes et pendaient au-dessous de ses oreilles. Hudson et moi avons pensé que s'il s'agissait d'un acte de rébellion minime, et nous n'avons pas dit un mot. Une gentille fille du groupe de jeunes de l'église tournait souvent autour de Peter, mais honnêtement, il semblait ne pas s'en rendre compte, même après que Cara et Fran l'aient clairement expliqué. « Elle a le béguin pour toi, Pete. Tu devrais l'inviter à sortir ».

Peter ne l'a jamais fait, probablement parce que dans notre famille, « inviter quelqu'un à sortir » signifiait que l'on pouvait inviter la personne à dîner chez nous. C'est tout. Il n'y avait pas d'autres options jusqu'à ce que l'enfant atteigne l'âge de dix-sept ans.

Mais j'ai aimé la quinzième année de Peter parce qu'il a commencé à découvrir ses passions d'une nouvelle manière, et je suppose que c'était la dernière année où Sunny était son seul compagnon. Dans les années qui ont suivi, Peter s'est fait des amis, beaucoup d'amis. Il prenait toujours le temps de s'occuper de son chien, de lutter avec lui et de se promener avec lui. Je le trouvais encore recroquevillé près du lit de Sunny, déversant son cœur devant le cabot — surtout après que cette gentille fille du groupe de jeunes avait brisé le cœur de Peter, âgé de dix-sept ans.

Mais à quinze ans, le cœur de Peter était encore tout entier tourné vers Sunny.

À quinze ans, Peter faisait de grands sourires gênés et se moquait totalement de ses vêtements, au grand dam de ses sœurs qui juraient qu'il était une honte pour la famille avec son jean qui pendouillait sur ses fesses et qui permettait au monde entier de voir ses sous-vêtements très peu cool.

À quinze ans, Peter s'en moquait.

Il a recommencé à jouer au foot, coté défense, avec toute la passion d'un professionnel, et je suis devenue une « maman footballeuse », criant depuis les tribunes quand ses cheveux blonds tombaient dans ses yeux et sur ses épaules.

C'est cette année-là que Peter et Sunny ont commencé à faire leur jogging quotidien. À leur retour, Peter était couvert de sueur, trempé et haletant presque autant que le chien. « Il m'a tiré jusqu'à Heartbreak Hill », souffle-t-il en se penchant et en soulevant la tête. « Je n'y serais pas arrivé sans Sunny qui m'a tiré sur le dernier kilomètre ».

Quinze ans, c'était une énergie inépuisable et un amour inconditionnel pour son chien. Et honnêtement, c'était suffisant. Lorsque, à l'occasion, son énergie débridée s'étendait aux humains et qu'il me prenait dans ses bras dans un moment de pur abandon, j'avais envie de sauter sur le plan de travail de la cuisine et de faire des claquettes autour des miettes de pain et des petits tas de confiture de fraise et de beurre de cacahuète, laissés là par un adolescent affamé et pressé.

Je suis une mère sentimentale et je ne voulais pas que cette quinzième année se termine.

Les mères ont-elles des prémonitions ? Est-ce de l'intuition ? Peut-être. Tout ce que je sais, c'est que Sunny et moi avons senti que le changement était au coin de la rue, qu'il soufflait dans le vent, et quand Sunny a levé son museau pour le sentir, j'ai repoussé mes larmes.

CHAPITRE 20

P eter a été invité par quatre amis à aller camper dans l'Ouest pendant un mois l'été suivant sa deuxième année de lycée. Bien qu'il ait apprécié les camps de scouts lorsqu'il était jeune, Peter n'a jamais manifesté d'intérêt pour le camping avec d'autres personnes que son chien après l'accident. La vérité, c'est que Peter ne voulait pas quitter Sunny. Point final.

Puis il a eu seize ans, s'est fait quelques bons amis et a commencé à planifier avec eux ce voyage dans l'Ouest. Un jour, Peter m'a demandé, les larmes aux yeux, comment il pourrait expliquer à Sunny qu'il partait pour un certain temps.

« Tu crois qu'il sait que je pars ? Est-ce qu'il peut le sentir, Maman ? Je ne veux surtout pas qu'il pense que je le quitte pour toujours. »

Peter se morfondait de ne pas pouvoir expliquer à son chien qu'il allait s'absenter pendant un mois. La nuit précédant son départ, Peter s'est assis par terre à côté du lit de Sunny et l'a caressé pendant des heures. Il ne savait pas qu'il fredonnait un air, il ne savait pas qu'il exprimait ses pensées à voix haute.

« Je reviendrai. Je le promets. Ce ne sera pas long. Je reviendrai. Essaie d'être gentil, mon gars. Fais ce que Maman te dit. Ne la rends pas nerveuse ou fâchée, d'accord ? Elle te donnera à manger, et elle t'emmènera faire de longues promenades, si tu n'oublies pas quand elle te dit "Au pied" ! »

Il parlait sans cesse à son chien, le rassurait, fredonnait, chantait. Il s'est endormi par terre, en bas, à côté de Sunny. Je suppose que Peter s'est réveillé au cours de la nuit et est monté à l'étage, car le lendemain matin, j'ai dû le réveiller de son propre lit. La première chose qu'il a faite a été de courir dans les escaliers et d'appeler Sunny. Et, comme toujours, Sunny l'a accueilli en remuant la queue avec impatience, puis il s'est levé d'un bond, plantant ses pattes avant sur les cuisses de Peter. Ensuite, Sunny s'est effondré sur le sol, roulant sur le dos avec ses grandes oreilles rousses ouvertes, levant une patte en l'air et attendant patiemment que Peter reçoive le même conseil qu'il donnait tous les matins. *Voici mon ventre et j'aimerais que tu le grattes.* Bien sûr, Peter obéit.

En fait, je me suis souvent demandé qui avait vraiment fréquenté l'école de dressage — le chien ou le garçon. Ou peut-être avaient-ils simplement appris ensemble, ce qui me semblait être une façon très appropriée de faire les choses pour un garçon et son chien.

En les observant ce matin-là, avant le départ de Peter, j'ai ressenti cette crampe dans mon cœur qui se manifestait toujours quand le Seigneur me poussait à agir. Une fois de plus, je me suis comparé à Sunny et je me suis demandé si j'étais capable de rester assis suffisamment longtemps — sans rien faire — pour trouver une grande joie, de la chaleur et du contentement à côté de mon Maître. Je me demandais si j'osais m'élever vers Lui et Lui demander de m'apaiser, simplement parce que je savais qu'Il m'aimait et qu'Il voulait m'apporter du plaisir. Malgré tout ce que je savais de mon Sauveur et Seigneur, je pense que je m'attendais toujours à ce qu'Il soit déçu par moi. Je ne pouvais pas imaginer qu'Il était d'accord pour que je passe du temps avec Lui, par terre, blottie sous les escaliers, en sécurité et à l'aise, sans jamais vouloir partir.

CHAPITRE 21

J'ai senti que quelque chose d'étrange allait se produire. Mon Garçon semblait excité, nerveux et préoccupé. Je sentais la tristesse et le bonheur mélangés. Nous continuions à nous ébattre, à faire du jogging et à lutter dans la cour arrière, sous les rayons du soleil. Il restait près de moi, mais ses yeux trahissaient quelque chose. J'ai essayé de comprendre. Je suis resté assis, la tête haute, battant lentement la queue, l'air digne, tandis qu'il me serrait au cou. J'ai dressé les oreilles pour entendre ce qui était différent. J'ai écouté, senti et observé. Si j'avais su qu'il partait, je pense que je l'aurais reniflé plus longtemps, laissant son odeur de jeune homme envahir chaque partie de moi afin de ne pas l'oublier.

Tôt un matin, Peter a dévalé les escaliers, portant un sac à dos bien rempli. Il l'a posé au pied de l'escalier, près de l'endroit où je dormais. Le sac de couchage que nous utilisions lors de nos aventures s'y trouvait également. Et de la nourriture. Je sentais la nourriture. J'ai fait le tour de ces choses avec excitation. Un autre voyage avec Mon Garçon !

Lorsque j'ai remué la queue et que je lui ai donné un

coup de museau, il s'est agenouillé à côté de moi, m'a regardé dans les yeux et m'a dit : « Reste, Sunny. Reste. » Je ne comprenais pas pourquoi il disait cela alors qu'il partait manifestement à l'aventure. Nous sommes toujours partis à l'aventure ensemble.

Une voiture pleine de grands garçons, bruyants, malodorants et rieurs, est entrée dans l'allée. Ils m'ont tapoté distraitement lorsque Peter m'a présenté. Je pouvais voir qu'ils étaient impatients de partir à l'aventure. J'ai aboyé et j'ai couru dans la cour. Une aventure avec Mon Garçon et ses amis !

Mon Garçon a déposé son sac dans le coffre de la voiture, et je me suis précipitée après lui et j'ai sauté à l'intérieur. Je connaissais ma place dans la voiture. Je me suis allongé avec satisfaction entre d'autres sacs à dos et sacs de couchage. Un garçon a ri, mais les autres ne me souriaient pas. Ils ont dit quelque chose à Peter. Il leur a donné un haussement d'épaules et son faux sourire, celui qu'il donnait à ses parents quand ils lui posaient trop de questions. Il s'est approché du coffre et m'a donné une tape, j'ai levé les yeux vers lui, j'ai léché sa main et j'ai laissé ma queue s'écraser lentement sur le fond du coffre. Je n'aimais pas la façon dont il me regardait. *Toc, toc, toc.*

« Non, Sunny », dit-il d'une voix fêlée. Je voyais bien qu'il ne le pensait pas, alors je l'ai léché à nouveau et j'ai poussé un petit glapissement. « Non », a-t-il répété, puis il a attrapé mon collier et a tiré dessus. J'ai reculé, pensant qu'il jouait. Cette fois, il m'a tiré, plus fort que les autres fois.

Il a dit « Sunny » et j'ai entendu l'exaspération dans sa voix. J'avais entendu ce son dans la voix du Grand Homme et de la Femme Douce, mais jamais dans celle de Mon Garçon. Je me suis levé lentement, j'ai sauté hors du coffre et je me suis éloigné en rampant.

Je ne pense pas qu'il l'ait remarqué. Peter monta dans la voiture avec les autres, et l'un des garçons démarra le moteur et commença à faire reculer la voiture.

Je suis restée dans l'allée, la tête haute, et je l'ai regardé partir. Il m'a fait un signe de la main et il est parti.

Jour après jour, j'ai attendu qu'il rentre à la maison, mais il ne l'a pas fait. Il n'était pas là le matin pour m'accueillir lorsqu'il descendait les escaliers en titubant. Il n'apparaissait pas dans l'allée l'après-midi et il ne mangeait pas avec le Grand Homme, la Femme Douce et les Filles au dîner.

Pourquoi Mon Garçon m'a-t-il quitté? Qu'est-ce que cela signifiait? Je voulais savoir qu'il allait bien. Je voulais qu'il sache qu'il me manquait et que j'essayais d'obéir au Grand Homme et à la Femme Douce. D'autres personnes sont venues, d'autres humains ont pris soin de moi, mais personne ne l'a fait comme Mon Garçon. Le reverrais-je un jour?

Parfois, je craignais d'oublier son odeur particulière et le son de sa voix. Une fois, je me suis précipité dans le salon en aboyant à cause de l'odeur que j'avais captée dans l'air, et je m'attendais à le trouver là. Mais il n'y avait que son gant de baseball, posé sur le canapé. Une autre fois, la Femme Douce m'a laissé à l'intérieur de la maison et je me suis faufilé à l'étage jusqu'à sa chambre. Son odeur était omniprésente, je sentais sa présence. J'ai sauté sur son lit et j'ai attendu, espérant qu'il viendrait bientôt. Même s'il ne venait pas, je serais là, j'attendrais.

CHAPITRE 22

L'attente a été longue pour Sunny lors du premier voyage de Peter. Chaque fois que l'on sonnait à la porte, Sunny traversait la cour arrière en sautillant, les oreilles dressées et les yeux rouillés brillants. Une telle impatience, un tel espoir.

« Je pense qu'il attend Peter », ai-je dit un jour à Hudson.

Cela m'a frappé en le disant : ai-je attendu mon Seigneur comme cela ? Non — la plupart du temps, j'étais si occupée, si pressée, que j'avais à peine le temps de trouver ma Bible. Je ne pouvais pas *attendre*. J'avais besoin que Dieu se montre et vite, avant le prochain rendez-vous.

Sunny attendait.

Sunny a également entamé une grève de la faim. Le troisième jour après le départ de Peter, lorsque Sunny a compris que son garçon ne descendrait pas les escaliers, il s'est assis et a attendu. Et il a attendu. Puis il refusa de manger. Sa nourriture est restée intacte dans son bol. J'ai essayé de l'amadouer, je me suis assise à côté de lui et j'ai tendu une poignée de croquettes. Sunny ne m'a même pas regardé. Il gardait la tête haute, regardant au loin, comme s'il était de retour à l'école de dressage et qu'il n'avait pas le droit de remarquer la nourriture.

Je m'inquiétais. « Il est en colère contre nous ? En colère contre Peter ? »

Hudson réfléchit un instant. « Je pense qu'il ne nous fait plus confiance. Je pense qu'il a peur que nous partions tous et que nous ne revenions pas. »

J'ai commencé à prendre mon petit déjeuner dehors sur le banc, avec la gamelle de Sunny posée sur le sol à côté de moi. Petit à petit, il s'est approché et a commencé à manger sa nourriture, tout en s'assurant que je ne bougeais pas. Je m'émerveillais de la détermination de Sunny. Je savais que les chiens étaient loyaux, mais je n'avais jamais entendu parler d'une grève de la faim. Inutile de dire que j'ai été soulagée lorsqu'il a recommencé à manger.

Inévitablement, en regardant notre cabot assis patiemment dans l'allée, je suis allé vers lui. Je l'ai gratté derrière les oreilles, comme il l'aimait. J'ai brossé son pelage rouille avec un peigne à larges dents. Je lui ai même donné en cachette un morceau de steak en murmurant : « J'attendrai ici avec toi, Sunny. Je sais que c'est difficile. »

Ma gorge s'est serrée quand je l'ai dit. Pourquoi, me suis-je demandé ? Je suppose que c'est parce que je savais que bientôt je serais comme Sunny, attendant et ne sachant pas exactement quand la prochaine fois je verrais ce fils. C'était déjà le cas avec nos filles. Cara était partie à l'université et Fran était tellement occupée par sa dernière année qu'elle ne savait presque plus où était son lit.

Au moins, les garçons rentrent à la maison quand ils ont faim, ai-je pensé en essayant de me consoler.

À ce moment-là, j'ai su ce que Sunny ne savait pas, ne

pouvait pas savoir. Dans trois semaines et demie, Peter reviendrait avec un sac à dos rempli de linge sale et un mois plein de légendes vivantes à partager.

Cela a facilité mon attente.

Mais un jour, dans un avenir pas si lointain, Sunny et moi attendrions ensemble, seuls, en nous tenant compagnie. Un jour, mon nid serait vide.

Il était difficile d'attendre seul. Seuls, nos esprits se précipitent sur le pire scénario possible, nous nous lassons et nous nous inquiétons. Dieu le sait, et c'est pourquoi, souvent, lorsque nous attendons quelque chose du Seigneur, au milieu de la folie de la vie, Il envoie un compagnon de voyage pour nous encourager et attendre à nos côtés — comme c'était le cas pour moi avec Sunny. Cela a rendu tout le processus plus supportable.

Assise sur le porche de notre maison, les bras passés autour du cou de Sunny, je laissais les souvenirs s'esquisser dans mon esprit. *Serrant les mains de mes chers amis en attendant la nouvelle de l'accident de Peter. Sanglotant sur le canapé chez un autre ami, en déversant ma terreur face à la dépression de Peter. Tenant mon amie dans mes bras alors qu'elle pleurait la perte de son fils. Hudson me regardant dans les yeux, tenant tendrement mon visage dans ses mains et me disant : « Nous allons y arriver, ensemble, un jour à la fois. »*

J'ai enfoui mon visage dans le doux pelage de Sunny, je l'ai serré plus fort, reconnaissante qu'entre nous, aucun mot n'était nécessaire. Il était assis là, toujours digne, une sorte de sagesse dans les yeux. Je me demandais ce qu'il voyait, ce qu'il comprenait. J'aurais aimé pouvoir entrer dans son esprit de chien et voir comment il réagissait à la disparition de Peter.

En regardant notre cabot, je me suis penchée sur le pincement de mon cœur, ce type de douleur intermédiaire, et j'ai murmuré à haute voix : « Seigneur, je veux t'attendre de la même manière que Sunny attend Peter. Les oreilles dressées, la tête droite, dans l'expectative. D'un moment à l'autre, il est sûr que son Maître va revenir à lui. Et il est prêt ».

CHAPITRE 23

J'étais recroquevillé sur le banc dans la cour arrière, somnolant et levant de temps en temps la tête pour regarder le geai bleu dans le petit poirier, quand je l'ai entendu. Le bruit d'une voiture arrivant dans l'allée, puis le bruit d'une porte de voiture s'ouvrant et se fermant. J'ai levé la tête, je l'ai inclinée un peu et j'ai cru entendre quelque chose d'autre. Une voix. *Sa* voix. J'ai sauté du banc et je me suis précipité vers la porte de derrière, en gémissant et en donnant des coups de patte.

« Sunny ! Sunny ! » *C'était* sa voix.

La porte arrière s'est ouverte et il m'a pris dans ses bras, nous nous sommes roulés dans l'herbe, je lui léchais le visage, je remuais la queue, je posais mes pattes sur sa poitrine et il riait, riait et riait.

Mon Garçon m'est revenu. L'attente en valait la peine !

Mais après cette première aventure sans moi, Mon Garçon s'est absenté plus souvent. Je ne pouvais pas prévoir quand je le reverrais. Souvent, il descendait encore les marches en trébuchant, me trouvait en bas et me frottait le ventre de cette façon si affectueuse. Mais il ne semblait plus avoir autant de temps à me consacrer. Je lui ai apporté ma vieille balle de baseball préférée, mâchée, en la déposant à ses pieds, mais il ne l'a pas ramassée et ne l'a pas lancée dans la cour pour que je puisse aller la chercher. Mon Garçon était préoccupé par d'autres choses. Même lorsqu'il me caressait, il semblait ailleurs. Les humains n'ont pas la capacité d'exprimer des choses avec leurs oreilles, mais je pouvais comprendre qu'il pensait, qu'il était peut-être inquiet, peut-être triste, à l'inflexion de sa voix et à la façon dont il se déplaçait, lentement, en se concentrant.

Je me déplaçais ainsi lorsque je voyais un écureuil ou un geai bleu. Je me figeais, je regardais fixement et je pointais de la patte. Je me préparais à sauter sur l'animal qui ne se doutait de rien. Mon Garçon a fait cela d'une manière différente. Ses yeux étaient intenses ; il semblait distrait, comme s'il ne pouvait pas se permettre de jouer avec son chien parce que d'autres choses étaient très importantes.

Il conduisait désormais cet engin que les humains appellent une voiture. Il ramenait des amis à la maison. Garçons et filles. Les filles s'intéressaient toujours à moi. Elles disaient : « Beau chien ». Elles me caressaient et me brossaient. Les garçons jouaient avec moi, me lançaient des balles et me regardaient courir. Parfois, les amis de Peter passaient la nuit à la maison, quatre ou cinq d'entre eux étendus dans leurs sacs de couchage à travers le salon. Quand je sentais que l'un d'entre eux était triste, je me blottissais contre lui.

J'aimais bien les amis de Mon Garçon, mais les moments privilégiés passés seul avec lui me manquaient, la façon dont nous jouions à se tirailler avec un vieux t-shirt ou la balle de baseball que je trouvais dans la cour, la façon dont nous courions ensemble et dont je l'aidais lorsqu'il était trop fatigué. Mon Garçon me manquait, et maintenant je n'étais jamais sûre qu'il serait là le matin.

Lorsqu'il s'absentait trop longtemps, j'arrêtais de manger. S'il savait que j'avais faim et que je l'attendais pour manger, il reviendrait sûrement. Cela n'a pas marché. La seule chose que cela a accomplie, c'est d'inquiéter la Femme Douce, si inquiète qu'elle s'est assise avec moi, a parlé et m'a supplié de manger dans sa main. Lorsqu'elle a pris sa propre nourriture et s'est assise à côté de moi, je me suis détendue et j'ai mangé. Elle ne partait pas. J'ai englouti ma nourriture.

Comme j'aimais retrouver l'odeur de Mon Garçon, même lorsqu'il était loin. La Femme Douce prétendait qu'elle n'aimait pas ces odeurs — de chaussettes et de sous-vêtements sales, de sueur, de boue et d'herbe, d'emballages de bonbons dans son jean, de vieilles baskets malodorantes. Mais je pense qu'elle les aimait autant que moi, ces odeurs spéciales qui étaient les siennes, un mélange de gants de cuir et de mauvaise haleine, de sang séché et de sueur, de chips et de chocolat, le tout mélangé pour faire Mon Garçon.

CHAPITRE 24

Sunny était avec nous depuis six ans lorsque j'ai remarqué pour la première fois un peu de gris sur son museau et des taches de blanc dans la fourrure rouille autour de ses yeux. Nous estimions qu'il avait sept ans, ce qui lui donnait 49 ans en années humaines. Lorsque j'ai réalisé cela, j'ai été étonnée de constater que lui et moi avions à peu près le même âge. Sunny ne montrait pas de signes de ralentissement. Il galopait toujours follement dans la cour arrière, se précipitant vers la clôture lorsque le facteur venait livrer le courrier, jappant furieusement comme s'il m'avertissait d'un péril imminent.

C'est l'année où Peter est parti à l'université, emportant le contenu épars de sa chambre dans notre petite voiture à hayon. Nous nous préparions à lui faire traverser la moitié du pays pour qu'il puisse étudier une sorte de biologie animale dans une école du Midwest. Peter avait décidé qu'il voulait devenir vétérinaire.

Peter partait, pas en colonie, pas en vacances. Il allait à l'université. Comment allait-il expliquer cela à Sunny ? J'avais déjà du mal à comprendre.

Le dernier jour avant son départ, Peter a emmené Sunny faire un jogging. Cela n'était pas arrivé depuis des mois. Peter était préoccupé par tout ce qui concernait la fin du lycée et la préparation à l'université. J'étais heureuse de le voir attacher la laisse au collier de Sunny, puis passer l'autre extrémité autour de sa propre taille où il l'a accrochée. Les leçons de dressage d'il y a quelques années avaient porté leurs fruits, si bien que Peter pouvait faire son jogging, les mains libres, avec Sunny à ses côtés.

Ils revinrent environ une demi-heure plus tard, Peter couvert de sueur, la langue de Sunny pendante, ses flancs se soulevant, se soulevant, se soulevant. Peter avait l'air bouleversé. Il lâcha son chien et Sunny continua à faire les cent pas sur le porche, un regard sauvage dans les yeux. Il refusa de boire l'eau du bol que Peter avait placé devant lui. Le chien s'est couché sur le sol, la langue jouant un rythme staccato humide. Nous nous sommes agenouillés tous les deux à côté de Sunny, mais dès que nous avons commencé à le caresser, il s'est secoué comme si notre contact était douloureux ou au moins gênant. Il se releva péniblement et se mit à faire les cent pas.

« Je ne sais pas ce qu'il a, Maman », dit Peter. « Dois-je appeler le vétérinaire ? »

« Comment était-il pendant le jogging ? »

« Il a commencé comme d'habitude, en me tirant avec sa laisse. Mais au bout d'une vingtaine de minutes, quand nous sommes arrivés à "Heartbreak Hill", il a commencé à prendre du retard et j'ai presque dû le tirer. Je l'ai un peu taquiné, jusqu'à ce que je me rende compte qu'il ne pouvait vraiment pas me suivre ». Un sanglot s'échappe de mon fils de dix-huit ans. Sa pomme d'Adam se balançait de haut en bas alors qu'il luttait pour contrôler ses émotions. « Nous avons terminé le jogging plus lentement, n'est-ce pas, mon pote ? » Peter a pris de l'eau dans ses mains et l'a tendue au chien. Sunny l'absorbe, puis recommence à faire les cent pas.

« Je pense qu'il vieillit, mon chéri », ai-je proposé.

Peter a plissé les yeux, comme s'il me mettait au défi de dire un mot de plus. Il reporta toute son attention sur son chien. Finalement, la respiration de Sunny est revenue à la normale, il a lapé plus d'eau et s'est effondré sur le porche dans un coin de soleil. Peter resta longtemps assis, caressant son chien, lui murmurant quelque chose. Je me suis occupée de sortir la dernière charge de vêtements de Peter du sèche-linge et d'appeler Fran — qui vivait à dix minutes de là dans une maison avec des amis — pour m'assurer qu'elle se souvenait qu'elle devait nourrir Sunny pendant que Hudson et moi emmenions Peter à l'université.

Mais j'avais une énorme boule dans la gorge en accomplissant ces tâches. Peter s'était tellement habitué à son chien. Sa loyauté ne s'est jamais démentie, même si le temps qu'il pouvait passer avec Sunny avait diminué. Ce jour-là, mon fils avait réalisé d'une nouvelle manière la mortalité de sa bête. Je l'ai vu dans ses yeux et cela m'a fait peur.

Sunny a eu beaucoup de mérite dans la façon dont Peter a traversé le lycée, plus confiant, plus disposé à affronter un adversaire, avec une lueur d'espoir espiègle dans les yeux. Je pense sincèrement que l'incident du jogging a forcé Peter, pour la première fois, à se dire : « Mon chien ne sera pas toujours là. »

À minuit, la veille de son départ pour l'université, Peter était toujours allongé à côté de Sunny sur ce tapis usé qui empestait le chien. L'idée m'a alors frappée : Peter voulait-il devenir vétérinaire pour pouvoir, d'une manière ou d'une autre, rendre miraculeusement son chien immortel? J'ai frissonné à cette idée, aussi idiote soit-elle.

CHAPITRE 25

Le jour est venu où je n'ai plus pu suivre Peter dans son jogging. Je ne pouvais peut-être pas le suivre, mais je mourrais en essayant. C'est ainsi que nous, les chiens, sommes. Même les humains savent que les chiens sont loyaux.

Certains de mes moments préférés avec Mon Garçon ont été nos joggings ensemble. Lorsque nous avons commencé à courir vers l'inconnu, Peter avait du mal à me suivre parce qu'il boitait beaucoup. Mais peu à peu, au fil des jours, sa démarche s'est améliorée. Peter grandissait, et devint presque aussi grand que le Grand Homme, même s'il restait mince comme une branche du petit poirier de la cour arrière. Peu à peu, nous avons couru ensemble, de manière synchronisée, en transpirant à peine sur cette colline très raide. Pendant que nous courions, les odeurs de l'extérieur m'envahissaient, m'incitant à prendre de l'avance ou à rester à la traîne. De temps en temps, Mon Garçon me laissait m'arrêter et renifler pour marquer mon territoire. Nous revenions de ces sorties dans la nature haletants et satisfaits. Je pouvais toujours voir que Mon Garçon était vraiment heureux.

Après l'incident avec l'Ourse, Mon Garçon est devenu plus confiant, plus déterminé, et il est devenu plus fort, de sorte que les joggings couvraient une plus grande distance. Dans mon esprit, nos innombrables joggings ensemble étaient comme un flou bienheureux, quelque chose que chaque garçon et chaque chien devraient expérimenter. Je tressaillais d'excitation chaque fois que Mon Garçon entrait dans le jardin, la Laisse à la main, et se penchait pour me demander si je voulais faire un footing avec lui. L'inflexion de sa voix était toujours la même ; ses yeux brillaient de cette façon taquine que j'aimais. Voulais-je y aller ? Jap, jap, jap et oui, oui, oui ! Et la queue qui bat à mille à l'heure.

Un jour, alors qu'il m'emmenait faire du jogging, je me suis rendu compte que je n'arrivais plus à le suivre. Cela faisait longtemps que nous n'avions pas fait de jogging ensemble. J'ai essayé, j'ai vraiment essayé. Je ne pense pas qu'il ait compris ce qui se passait. Mon Garçon était aussi frais que le pain que la Femme Douce faisait cuire dans son four. Mais j'étais fatigué, et je me suis aperçue que la Laisse attachée à mon collier et autour de la taille de Mon Garçon se tendait au fur et à mesure qu'il avançait. Il a ralenti son allure et m'a dit des mots apaisants. Mon Garçon attendait que je le rattrape. Mais j'avais honte et j'étais triste. Je ne pouvais plus suivre Mon Garçon ! J'étais heureux de rentrer à la maison, mais mon cœur n'arrêtait pas de battre la chamade et j'avais des crampes. Mon instinct me disait qu'il fallait que je marche, que je marche, que je marche.

Mon Garçon est resté avec moi cette nuit-là, il a dormi dans mon lit, comme il y a longtemps.

Mais je crois que j'ai déçu Mon Garçon, car le lendemain, il est parti. Ils sont tous partis dans une voiture pleine à craquer de choses dont les humains ont besoin. Je les ai observés depuis l'allée, derrière le grillage.

Mais je les attendrais, je *l'attendrais*, jusqu'à ce qu'il revienne. J'avais déjà attendu. Il était peut-être déçu, mais je connaissais Mon Garçon. Il m'aimait. Il savait que je ne le laisserais jamais tomber.

CHAPITRE 26

C e retour à la maison, après avoir laissé Peter à l'université, a été doux-amer. Mes journées étaient faites de larmes et de rires, de connaissances et d'interrogations, d'énergie et de fatigue. Je me tenais sur le porche et regardais la pelouse verte avec un soupçon d'automne dans l'air et les gouttes d'une pluie récente sur les arbres. J'ai passé l'aspirateur et récuré la maison, dépoussiéré, nettoyé et remis en ordre, me préparant à reprendre mon travail à la bibliothèque.

C'est ce que j'ai fait.

Mais j'avais gros sur le cœur, Peter me manquait et les filles me manquaient à nouveau. Je pensais qu'au bout de la troisième fois, je me serais habituée à cette routine qui consiste à les emballer et à les laisser à l'école, tout en sachant que c'est exactement comme ça que ça doit se passer. Peut-être y étais-je habituée, mais je n'avais pas l'impression que c'était plus facile pour ainsi. J'ai entendu la voix de Peter au téléphone, qui semblait fragile et peut-être un peu seul. Je me sentais seule aussi, comme si personne d'autre ne pouvait comprendre la douleur de laisser un enfant si loin. Mes amies se souciaient de moi, mais elles avaient encore des enfants à la maison.

Hudson semblait mieux gérer cette histoire de nid vide que moi. Il s'était replié sur son travail pour ne pas trop penser. Cara et moi nous parlions chaque semaine — elle se débattait avec un patron exigeant et un « intérêt romantique » potentiel et soudain, elle avait besoin de me parler, même de me demander conseil ! Mais elle vivait à trois cents kilomètres de là. Fran m'appelait aussi depuis l'université, lorsqu'elle trouvait un moment entre les engagements de son club universitaire, les rendez-vous et, parfois, ses études. Je parlais avec mes filles de leur vie, puis nous raccrochions pendant qu'elles disaient à la hâte : « Je t'aime, Maman ! ».

Je me sentais coincée dans mon ancienne vie, mais je voulais faire partie de la leur. Je voulais être avec eux tout en sachant que je ne pouvais pas, que je ne *devais* pas m'y immiscer. S'inquiéter, attendre et prier. S'inquiéter moins, prier plus.

Un jour, alors que je revenais de la bibliothèque et que je me demandais ce que j'allais préparer pour le dîner, Sunny s'est mis à aboyer avec excitation et je me suis dit : *Peter est rentré !* Puis je me suis souvenue qu'il était à l'université à dix heures de route.

J'ai repris mes habitudes. J'ai transféré le linge de la machine à laver au sèche-linge — la première charge de la semaine — et il y avait huit paires de sous-vêtements d'Hudson et sept des miens, quelques-uns de ses T-shirts et quelques chaussettes, mais aucun de ces merveilleux vêtements d'adolescent qui jonchaient la maison jusqu'à il y a quelques semaines. Je suis allée au supermarché et j'ai contourné les rayons des biscuits, des céréales et des produits pour garçons. J'ai dépensé 10 dollars pour envoyer à Peter un paquet par la poste, j'ai appelé son portable sans réponse, et partout, aux moments les plus inattendus, je ressentais ce mal nauséeux, ce vide, ce manque. Manque de quoi ?

La présence de mes enfants, de Peter.

Même si mes journées étaient toujours à peu près les mêmes, c'étaient les soirs qui me forçaient à sortir de moi-même et à entrer dans la vie de Peter. Il avait besoin d'un bon dîner, il avait besoin de vêtements pliés, il avait besoin d'être encouragé pour ses devoirs, il avait besoin de parler ou de se faire gratter le dos, et maintenant, il n'était pas là. Et c'était difficile.

Au milieu de cette transition, j'ai commencé à avoir des bouffées de chaleur. Parfois, je me réveillais au milieu de la nuit, trempée de sueur. Mon esprit semblait s'être transformé en bouillie du jour au lendemain. Je ne me souvenais plus du numéro de téléphone d'une maison d'édition que j'appelais une fois par mois. J'ai perdu mes clés et je les ai retrouvées dans le réfrigérateur. Deux fois en une semaine à la bibliothèque, je me suis retrouvée dans une rangée avec un livre à la main sans savoir ce que je cherchais.

Hudson me taquinait gentiment. Je n'étais plus facile à vivre. Je pleurais facilement et je lui criais dessus, ce que j'avais rarement fait en vingt-quatre ans de mariage. Il a rapidement appris à ne pas me taquiner. En fait, il m'évitait sur la pointe des pieds.

Mais Sunny était là. Il était toujours heureux de me voir, de me suivre, d'aller chercher la balle lorsque je me promenais dehors, mon esprit menaçant de sombrer dans la tristesse ou la dépression. J'ai lancé la vieille balle de baseball et j'ai laissé les larmes couler sur mon visage tandis que Sunny s'élançait à travers la cour pour la récupérer.

Inévitablement, ses pitreries, si simples, mais si intenses, faites d'un plaisir si pur, me faisaient sourire et rire et me redonnaient envie de vivre.

Sunny attendait Peter, mais il semblait parfaitement satisfait de moi aussi.

CHAPITRE 27

La Femme Douce semblait plus émotive que d'habitude. Ses enfants, les Filles et Mon Garçon, étaient partis. Elle et le Grand Homme quittaient encore la maison le matin. Elle rentrait l'après-midi et lui le soir. Pendant la journée, la Femme Douce sentait la solitude. Ce n'était pas une femme oisive ; elle peignait ou travaillait dans son bureau où elle s'asseyait devant une grande boîte et picorait avec ses doigts de petits carrés noirs. Elle faisait aussi des pâtisseries qui répandaient des odeurs alléchantes dans toute la maison. Elle était occupée, mais elle était triste.

Un jour, elle a reçu une lettre. Je la mettais toujours en garde lorsque le facteur arrivait en moto et laissait des objets dans la boîte près de l'entrée. En fait, le facteur était plutôt gentil, mais j'aimais bien lui aboyer dessus.

Ce jour-là, elle tenait la lettre dans sa main et s'est mise à pleurer. Le liquide s'est échappé de ses yeux. Elle s'est assise dehors sur le Banc et j'ai sauté dessus à côté d'elle. Elle ne m'a pas grondé. En posant ma tête sur ses genoux, j'ai senti une odeur merveilleuse. Mon Garçon ! Le papier qu'elle tenait dans ses mains sentait Mon Garçon.

Je voulais lui dire de ne pas être triste, que c'était un bon signe. Elle a quand même pleuré.

CHAPITRE 28

La cour a été tondue et les derniers pétunias ont sorti leurs têtes roses et violettes du pot en terre cuite accroché au mur. Les baies jaunes de l'arbre ont commencé à tomber, tout comme les feuilles jaunes — quelques-unes seulement — ici et là. Trois poires de notre arbre reposaient sur le banc vert où Sunny était perchée, endormi. Hudson et moi avions commencé à peindre la chambre au rez-de-chaussée. Il me l'avait suggéré pour me changer les idées concernant Peter, et j'avais accepté.

C'est ainsi que, peu à peu, je suis retournée au « foyer » et que j'ai trouvé du réconfort dans les choses simples. Les idées noires et les réflexions sur ma place dans ce nid vide se sont atténuées. Mes bouffées de chaleur, elles, n'ont pas diminué. Des amies sont venues me voir et ont compati avec moi au sujet de la ménopause et des enfants qui me manquaient tant, et j'ai appris une autre vérité sur les périodes de transition dans ma vie. En tant qu'introvertie, j'avais besoin de « temps morts » loin des autres pour me ressaisir, me rafraîchir et rajeunir. Mais si je passais trop de temps seul, je me desséchais. J'avais également besoin de temps avec d'autres personnes pour me rappeler que le Seigneur avait éclaboussé la toile tachée par le péché de ce monde avec les belles couleurs de l'amitié.

Le fait de voir mon foyer se vider ressemblait à des montagnes russes, et bien que j'aie appris à fonctionner et à m'adapter aux changements, mes émotions restaient parfois à la traîne. J'ai senti mon Seigneur m'ouvrir les doigts et me demander de renoncer à mon désir de tout contrôler. J'ai vu à quel point je voulais que tout aille bien pour ceux que j'aimais, à quel point je voulais protéger, assurer et contrôler. Oh oui, contrôler. Pour Peter.

Sa vie était plus difficile à contrôler lorsqu'il était à des milliers de kilomètres. J'ai prié : « *Aide-moi, Seigneur, à être ce dont il a besoin en ce moment : une mère qui prie, qui encourage et qui laisse son fils voler de ses propres ailes, même si cela implique quelques accidents en cours de route.* »

Mais c'était difficile ! Je voulais l'aider à organiser sa vie. Cara et Fran avaient un sens inné de l'organisation. Peter était différent. Il avait fait beaucoup de progrès, mais j'ai entendu le manque de confiance en soi s'insinuer dans sa voix lors d'une conversation téléphonique au cours de laquelle il parlait d'essayer de faire partie de l'équipe de football et de la chorale. Je voulais l'aider, mais je ne pouvais rien faire d'autre que de l'écouter, prier et écrire une autre lettre sur le papier à lettres brillant et joyeux que j'avais acheté au magasin.

Parfois, j'avais juste envie de prendre l'avion et d'organiser une fête pour Peter et tous les autres garçons seuls et nostalgiques dans leur dortoir. Mais il n'avait pas besoin de « Maman à la rescousse ».

Il a fini par se faire des amis et sa voix était confiante et enthousiaste. Il posait toujours des questions sur Hudson et moi, mais c'était par pure politesse. Ce qu'il voulait savoir, à chaque appel téléphonique, c'était : « Comment va Sunny ? »

CHAPITRE 29

Mon Garçon n'est pas rentré à la maison pendant très longtemps. Je passais mes journées entre la maison et la cour, suivant la Femme Douce partout où elle allait. Peu après le départ de Peter, quelque chose d'étrange se produisit dans le jardin devant la maison. Je n'avais jamais été autorisé à y jouer seul. La Femme Douce s'est agenouillée et a attaché quelque chose à mon collier. J'ai cru qu'elle allait me promener et j'ai commencé à aboyer et à me tortiller. Mais elle n'a pas attaché de Laisse. Le Grand Homme m'a conduit jusqu'au bord de la cour et m'a dit : « Reste ! ». Puis, lui et la Femme Douce sont partis dans la rue. Bien sûr, j'étais impatient de les suivre. J'ai couru après eux et j'ai été secoué par une force que je ne pouvais ni voir ni sentir, mais que je pouvais ressentir. Si je marchais trop près de la rue ou de la cour à côté de chez nous, je sentais un horrible *zap, zap, zap* qui me piquait et me faisait glapir de douleur. La Femme Douce est venue me voir et a essayé de m'expliquer quelque chose. Je ne l'ai jamais comprise, mais j'ai vite appris à rester dans le périmètre de notre cour, même quand les humains partaient.

En fait, j'ai apprécié cette nouvelle liberté et la possibilité d'explorer un autre endroit. Dehors, je poursuivais les écureuils qui sautaient des arbres jusqu'au sol et, de temps en temps, je me précipitais sur un tamia. J'ai également discuté avec Bucky, un vieux golden retriever qui vivait à côté. Lui aussi était obligé de rester dans son jardin à cause de la machine à zapper invisible. Je me suis allongé au soleil, j'ai écrasé des mouches et j'ai attendu la Femme Douce. Je levais le museau en l'air, je reniflais et j'imaginais Mon Garçon à mes côtés. J'ai trouvé une balle de baseball que j'avais enterrée il y a très longtemps lorsque Mon Garçon m'avait laissé jouer dans le jardin. Je l'ai rongée en pensant à lui.

Je dormais sur le porche par une chaude journée, après que les jonquilles et les tulipes se soient fanées et que le jardin ait été imprégné de l'odeur du chèvrefeuille. J'ai entendu une voiture remonter la rue et tourner dans l'allée. J'ai levé la tête, je l'ai inclinée en me concentrant sur le bruit de la voiture. Puis je l'ai vue. Je connaissais cette voiture ! La Femme Douce est sortie de la maison, parlant d'une voix aiguë et joyeuse. J'ai sauté sur mes pieds et j'ai aboyé comme je le fais quand je suis particulièrement excité. Je suis arrivée à la voiture juste au moment où Mon Garçon en est sorti et j'ai posé mes pattes d'avant sur sa poitrine. Il a ri et a prononcé le nom qu'il utilisait toujours pour moi. « Sunny ! »

Il était de retour ! Une fois de plus, nous avons passé nos journées ensemble, Mon Garçon descendait les escaliers le matin et me grattait le ventre avec son pied. Nous luttions ensemble sur l'herbe fraîchement coupée et il s'asseyait à côté de moi sur le Banc, sa grande main sur mon dos, le caressant et me parlant d'une voix douce. Mon Garçon avait pris de l'assurance loin de moi. J'ai posé ma tête sur ses genoux et j'ai apprécié son attention. Je ne savais pas où il était allé, mais j'étais heureux qu'il soit de retour.

CHAPITRE 30

L e premier été, lorsque Peter est revenu de l'université, a ressemblé à un pique-nique tranquille où l'on riait et où l'on mangeait bien. Le garçon et son chien se comportaient comme si sept mois seulement s'étaient écoulés depuis que Sunny était venu vivre avec nous, au lieu de sept ans. Peter s'était mis au travail et avait étudié dur pendant sa première année et était en bonne voie pour entrer à l'école vétérinaire. Il dégageait une nouvelle confiance en lui et une nouvelle gentillesse — quelque chose que nous avions toujours vu lorsqu'il était avec Sunny, mais que nous n'avions pas nécessairement expérimenté nous-mêmes. Il parlait avec enthousiasme de devenir vétérinaire, même si ce n'était pas pour tout de suite.

« Pas de nourriture de table pour Sunny, Maman », prévenait-il. « N'oublie pas de le promener au moins trois fois par semaine. Il est en bonne forme, mais tu dois veiller à ce qu'il ne prenne pas de poids ».

Après le départ de Peter pour sa deuxième année à l'université, Hudson, Sunny et moi avons repris notre routine. J'ai essayé d'obéir aux instructions de Peter, j'ai emmené

Sunny en promenade et je ne lui ai donné que la meilleure nourriture pour chien. Mais je devais me rendre à l'évidence : il vieillissait. Le poil autour de ses yeux et de son museau était d'un gris blanchâtre. Il devenait aveugle d'un œil. Il ne pouvait plus sauter en l'air pour déloger une chaussette que Hudson avait accrochée à une branche du poirier. Il avait l'habitude de sauter dans le coffre de la voiture d'un bond énergique. Maintenant, il lui fallait plusieurs tentatives pour y entrer. Il avait presque l'air embarrassé, comme pour dire : « *Je suis vraiment désolé. Je sais que c'est idiot, mais je n'arrive plus à forcer mon corps à faire ça.* »

C'est aussi ce que j'avais envie de dire. Je savais que les chiens vieillissaient sept fois plus vite que les humains, mais ces derniers temps, j'avais l'impression de le rattraper. Un jour, je me suis regardée dans le miroir et j'ai été surprise par le nombre de cheveux blancs que j'y ai trouvés. Les mèches ne pouvaient plus les dissimuler et j'ai donc pris rendez-vous pour les faire colorer. Sunny, bien sûr, n'était pas aussi préoccupé par son apparence que moi, même s'il aimait se lécher. Se lécher, se lécher, se lécher, et souvent aux moments les plus inopportuns, comme lorsque Hudson rendait grâce et que les invités étaient à table.

Oui, nous faisions des promenades et nous essayions de faire attention à ce que nous mangions. J'ai réduit ses portions et je ne lui ai absolument pas donné de nourriture de table, comme Dr Tyler, le vétérinaire, et Peter l'avaient ordonné. Pourtant, la prise de poids semblait faire partie du processus de vieillissement. Il me regardait avec des yeux affamés et suppliants. Lorsque je préparais le dîner, il était là, à côté de moi, espérant qu'une miette tombe sur le sol de la cuisine où il pourrait l'inhaler comme mon fidèle aspirateur.

J'étais très reconnaissante à Sunny d'être là pour me tenir compagnie. Avec tous les enfants partis et Hudson qui voyageait plus que jamais, la présence fidèle de Sunny me rassurait. Sunny est resté à mes côtés toute la journée, même lorsque j'étais en sueur à cause de mes bouffées de chaleur et que je me précipitais dehors pour me soulager. Il me suivait à chaque pas.

Nous vieillissions, mais au moins nous le faisions ensemble. Je ne pouvais m'empêcher de me demander combien de temps encore Sunny serait avec nous. Les chiens ne vivent pas éternellement. J'avais mal au cœur rien que d'y penser. Lorsque j'étais enfant, j'étais littéralement malade lorsque l'un de nos nombreux animaux mourait. Je ne pouvais même pas imaginer cette vie sans Sunny.

Je n'ai jamais pensé que je me sentirais seule. J'avais tellement d'activités. Mais le nid vide n'a pas été facile à vivre. Hudson et moi avions essayé de garder la communication ouverte pendant toutes ces années. Nous parlions, nous nous aimions. Nous *nous aimions* même encore, ce qui est plus que ce que je peux dire de certaines de mes amies en couple. Mais il était souvent absent et je me *sentais* seule.

Je savais que Peter manquait à Sunny, mais il semblait satisfait d'être seul avec moi. J'ai essayé de me faire une raison. Au cours des huit dernières années, j'avais beaucoup appris sur le Seigneur grâce à notre cabot. Cela semblait fou, mais c'était vrai. Et ce que j'ai appris de lui pendant cette période où le nid était vide, c'est ceci : Sunny a attendu Peter, mais il a aussi profité de la vie pendant qu'il attendait. Il en a vraiment profité.

Il était là, couché dans l'herbe, les oreilles baissées, les yeux fermés, en train de se détendre. Puis il entendait un bruit, se redressait, dressait les oreilles et se montrait attentif. Le facteur passait et il se levait d'un bond, aboyant et se précipitant vers la clôture. Après m'avoir « protégée », il retournait à sa place au soleil et faisait une nouvelle sieste. Il était content.

Et il me suivait partout, et c'était bien aussi. Il voulait juste être avec moi. Je n'ai pas eu l'impression qu'il était triste ou déprimé. Il faisait instinctivement ce qu'il était censé faire.

Alors que j'attendais mes enfants, que j'attendais que le Seigneur me montre la prochaine étape de ma vie, je voulais vaquer à mes occupations, Lui faisant confiance pour qu'Il se manifeste au bon moment, et jusqu'à ce qu'Il le fasse, je voulais me contenter d'obéir à ce que je savais déjà.

CHAPITRE 31

Mon Garçon partait souvent en voiture au moment où les mûres mûrissaient et où les champs derrière la maison avaient cette couleur jaunissante, l'odeur du blé et de l'été qui s'achève. J'avais fini par reconnaître les signes d'un long départ. Les sacs étaient traînés de l'étage aux couloirs et au porche. Puis le coffre de la voiture a été ouvert et les sacs y sont entrés. Même si je voulais sauter dans le coffre avec les affaires de Peter, comme je l'avais fait lors de son premier voyage loin de moi, je ne pouvais plus faire bouger mon corps de cette façon. Je restais donc assis à côté de la voiture et je regardais Mon Garçon. Je me levais et je faisais les cent pas, puis je me recouchais. Je me suis senti nerveux quand je sentais que les humains partaient avec des sacs — surtout quand j'ai senti l'odeur de *ses* sacs. Ce jour-là, j'ai fait les cent pas sur le porche, je me suis assis et levé, j'ai levé le museau pour sentir le temps qu'il faisait. Mon Garçon est parti quand le soleil cuisait encore l'herbe dans la journée, quand les feuilles scintillaient encore sur les arbres et que les papillons se posaient encore sur les buissons jusqu'à ce que je les chasse. C'était à cette saison qu'il est parti.

Il s'est agenouillé à côté de moi, m'a serré le cou et je crois que ses yeux étaient liquides. Il a parlé doucement. Il est resté assis à me caresser et j'ai voulu à nouveau le proté-ger, voyager avec lui, le garder en sécurité et partager des aventures avec Mon Garçon.

Mais je ne pouvais pas accompagner mon maître dans ce voyage. Je lui ai donc promis du regard de l'attendre ici, jusqu'à ce qu'il revienne la prochaine fois.

CHAPITRE 32

La Femme Douce m'emmenait en promenade presque tous les jours. Parfois, le Grand Homme se joignait à nous lorsque le soleil était tombé et que l'air était sombre. Mais en général, j'étais seul avec elle. La Femme Douce n'était pas aussi forte que Mon Garçon ou le Grand Homme, alors quand nous marchions, je tirais souvent en avant, reniflant l'odeur de Bucky ou d'un autre chien qui avait marqué son territoire. Bien sûr, je devais couvrir ce territoire de manière personnelle. Je me précipitais et j'aspergeais les buissons, un arbre ou une boîte aux lettres pour que les autres chiens sachent que j'étais passée. Je remuais la queue et tirais lorsque j'apercevais un écureuil, figé sur l'arbre, la tête pointée vers le bas, le petit cœur battant la chamade.

Elle aimait me promener dans une rue qui débouchait sur un parc. Parfois, le parc était rempli d'autres chiens et elle me lâchait pour jouer avec eux. Parfois, je me sentais menacé par un nouveau mâle et j'essayais de l'attaquer, ce qui effrayait la Femme Douce. Alors, de temps en temps, elle me tenait en Laisse dans le parc.

Ce jour-là, j'ai vu les chiens loin de l'autre côté du parc, j'ai senti leur odeur, j'ai pleurniché pour dire à la Femme Douce que nous devions être prudents. J'ai tiré sur la Laisse, essayant de me libérer pour aller à la rencontre des étrangers. J'ai aboyé et j'ai tiré plus fort. J'ai compris que la Femme Douce avait peur lorsqu'elle a vu les trois chiens qui se dirigeaient vers nous, tous non tenus en laisse. Un berger allemand, un doberman et un terrier. Trois mâles qui venaient me chercher !

La Femme Douce a crié quelque chose à l'homme qui courait derrière, appelant frénétiquement les chiens à s'arrêter. Mais le berger allemand, un jeune chien, s'est approché de moi en remuant la queue avec hésitation. J'ai montré les dents et grogné, puis je me suis élancé pour lui montrer que je voulais vraiment protéger la Femme Douce et moi-même. Il n'a pas fait attention et s'est approché de moi.

Cela m'a toujours fait terriblement peur, presque plus que de sentir l'odeur d'un Homme Méchant — être tenu en Laisse alors qu'un autre chien mâle est en liberté et menaçant.

Ma queue s'est dressée et la fourrure de mon dos s'est également dressée. J'ai grogné, il n'a pas reculé. Je m'éloignai brusquement de la Femme Douce et me jetai sur le berger allemand, l'attrapant par la gorge. Il a glapi, s'est dégagé et s'est jeté sur moi. J'entendais la Femme Douce me crier dessus et je sentais qu'elle tirait sur la Laisse, mais je ne pouvais pas me préoccuper de choses comme les colliers et les laisses lorsque je devais me protéger et protéger les autres. Avant que je m'en rende compte, le doberman et le terrier m'ont également sauté dessus. Je me suis rendu compte que ces trois chiens pouvaient m'écraser avec leur force combinée. Mais la peur m'a poussé à continuer, et le temps que le propriétaire arrive, j'étais engagé dans un terrible Combat avec les trois autres mâles.

Ces chiens savaient se battre.

J'ai de nouveau visé la gorge du berger. Je l'ai raté, mais j'ai enfoncé mes dents dans son flanc et j'ai goûté son sang. Il a hurlé, s'est secoué et a reculé en grognant, puis en s'élançant à nouveau sur moi. Le berger m'a fait tomber sur le côté, puis le doberman a plongé sur moi. J'ai ressenti un terrible choc de douleur et j'ai su que mes adversaires goûtaient maintenant à mon sang. Nous avons roulé et nous nous sommes débattus, nos jambes s'emmêlant dans la Laisse. Puis les autres chiens s'attaquèrent à nouveau à ma gorge, les dents s'enfoncèrent et je suis tombé en arrière...

CHAPITRE 33

Il a peut-être vieilli, mais Sunny ne s'est jamais vraiment calmé. Un chien névrosé. Pourquoi aurais-je été surprise ? Lorsque des êtres humains grandissent dans un contexte de maltraitance, leur vie en est marquée. Je crois que Sunny a été marqué à jamais par certains événements qu'il a subis lorsqu'il était chiot. Toute sa vie, il s'est senti menacé par des hommes et des chiens étrangers.

Peter était en dernière année d'université lorsque la pire bagarre de Sunny a eu lieu. Je me promenais avec Sunny dans le parc lorsque j'ai reconnu les signes révélateurs de sa peur. Sa queue rousse s'est dressée dans un éclair de fourrure épaisse, exposée comme celle d'un coq. Il a gémi, puis grogné et s'est mis à aboyer sans cesse, tout en tirant sur la laisse. Un jeune berger allemand, suivi d'un doberman et d'un fox-terrier, se dirigeait vers nous, la queue haute, mais frétillante. Tous des mâles sans laisse, dont le propriétaire était loin, courant à travers le champ en criant : « Rocco ! Bailey ! Kory ! »

« Mon chien va l'attaquer ! » J'ai répondu en m'agrippant à Sunny. « C'est bon, Sunny. Au pied ! Reste ! »

Mais les autres chiens se méfiaient eux aussi. Ils se sont arc-boutés sur des pattes raides, ont gémi et ont encerclé Sunny alors que j'essayais de l'éloigner. Sunny s'est jeté sur le berger et un véritable combat de chiens s'est ensuivi. Elle a semblé durer des heures, alors qu'il ne s'est probablement écoulé que quelques minutes avant que l'autre propriétaire, un jeune homme, ne parvienne à attraper Sunny par le museau et à l'éloigner de ses propres chiens. Lorsque nous les avons finalement séparés, le terrier et le doberman allaient bien. Le berger saignait, mais n'était pas gravement blessé, seulement un peu ensanglanté à l'endroit où Sunny avait pris une bouchée de chair.

Mais Sunny avait une profonde entaille à la gorge et une autre près de l'œil. J'ai ressenti un horrible pincement à l'estomac en examinant ses blessures sur le sol, où il gisait en gémissant. J'ai murmuré une prière : « Cher Seigneur. Aide-le, aide-nous. C'est grave. »

J'ai enlevé mon pull et j'ai essayé d'arrêter le saignement. Une femme qui avait assisté à la bagarre m'a proposé de me conduire chez le vétérinaire, car ma voiture se trouvait dans notre allée à un kilomètre de là. Sunny ne pouvait pas marcher jusqu'à la maison, j'en étais sûre.

J'ai tenu sa tête sur mes genoux sur la banquette arrière pendant qu'elle se rendait chez le docteur Tyler. L'entaille au-dessus de l'œil droit de Sunny était profonde et cet œil restait fermé, mais il fixait son œil gauche sur moi. « Vieux cabot fou. Tu n'as pas vu que tu étais en infériorité numérique ? Regarde ce que tu t'es fait. » En fait, je luttais contre les larmes, j'avais mal au ventre. Hudson et moi avions déjà parlé de la façon dont nous réagirions si nous devions faire endormir Sunny. Plus important encore, comment Peter réagirait-il ? Maintenant, cela semblait être une réelle possibilité.

« Lanie », me dit le docteur Tyler, le vétérinaire, qui est maintenant un ami de la famille, « votre chien a perdu beaucoup de sang. Je peux recoudre l'entaille au-dessus de son œil, mais la gorge va nécessiter une intervention chirurgicale. »

L'opération coûtait 2 000 dollars et n'avait que 50 % de chances de réussir.

Je devais prendre une décision. Dépenser 2000 dollars pour Sunny ou laisser le vétérinaire l'euthanasier.

J'ai appelé Hudson à son bureau et lui ai raconté toute l'histoire en sanglotant. Au bout d'un moment, il m'a simplement dit : « Je pense que nous savons ce qui doit se passer, ma chère, mais tu dois d'abord parler à Peter. »

Après la troisième tentative, j'ai eu Peter au téléphone. J'ai expliqué tout l'épisode, la gorge nouée. « Il n'est pas sûr qu'il s'en sorte, même avec l'opération, Peter. Ton père et moi pensons qu'il serait plus humain de l'euthanasier. »

Il y a eu un long silence. « Dis au docteur Tyler d'opérer et je paierai. J'ai quelques économies, Maman. » Il y avait un air de désespoir dans sa voix. « Je serai là ce soir. Tu ne peux pas l'endormir, Maman. Il s'en sortira. »

Peter a sauté dans sa voiture et a fait dix heures de route pour se rendre chez le vétérinaire, où il est arrivé à deux heures du matin.

Sunny a survécu à l'opération de trois heures. Le docteur Tyler est resté avec lui à la clinique jusqu'à l'arrivée de Peter. Je n'oublierai jamais les paroles du docteur Tyler. « Lorsque Sunny a vu Peter, malgré l'anesthésie et les bandages si serrés qu'il pouvait à peine bouger, il s'est mis à aboyer et à remuer la queue. La vie est revenue dans ses yeux. Je ne sais pas si j'ai déjà vu un chien qui aimait autant son maître ».

Dr Tyler a laissé Peter à la clinique où notre fils est resté toute la nuit, berçant la tête de Sunny sur ses genoux. Le lendemain matin, le docteur Tyler nous a assuré que Sunny s'en sortirait, mais avec une vilaine cicatrice sur la tête et la gorge. Cela nous convenait tout à fait.

Peter a payé la facture avec l'argent qu'il avait gagné pendant l'été, argent qu'il espérait économiser pour l'école vétérinaire. J'ai proposé de l'aider à couvrir les frais. Peter m'a regardé de ses yeux sombres et m'a dit : « Je serai vété-rinaire, Maman. Si je ne peux même pas sauver mon propre chien, à quoi bon ? Après tout, c'est lui qui m'a sauvé la vie en premier, avant même que je ne pense qu'elle valait la peine d'être sauvée. Rien n'est trop cher pour Sunny ».

« Je le sais, mon fils. » Et oui, je le savais bien.

CHAPITRE 34

Peter est venu s'occuper de moi après le Combat. À la clinique, il m'a tenu, a changé mes bandages et m'a donné à manger. Lorsque je suis rentré à la maison, j'étais trop faible pour me lever, alors nous nous sommes assis ensemble sur le Banc. Il tenait cette vieille balle de baseball et me laissait la ronger. La nuit, Peter a apporté son vieux sac de couchage, celui qui sentait encore les aventures dans les bois, et il a dormi sur le sol près des marches où je m'étais reposé. Il mettait entre nous le sac à dos que l'Ourse avait griffé et, tout au long de la nuit, il plongeait la main dans le sac et en sortait quelque chose — un vieux torchon pour tamponner le sang qui s'infiltrait à travers les bandages, une tendre friandise pour chien, un chiffon frais qu'il passait sur mon visage.

Quand il m'a quittée, il avait du liquide dans les yeux et il parlait d'une voix fêlée, ce qui signifiait toujours qu'il était triste. J'ai essayé de remuer la queue pour lui faire comprendre que ce n'était pas grave. Je m'étais habituée à son départ. Je n'aimais pas ça, mais j'avais appris que je pouvais toujours compter sur lui pour revenir. Sachant cela, cela ne me dérangeait pas d'attendre.

Je n'étais pas complètement guéri quand Peter est parti, alors la Femme Douce est restée à la maison pendant les matinées, veillant sur moi, presque aussi attentivement que Peter. Peu à peu, j'ai commencé à marcher de nouveau. Je ne voyais pas d'un œil, mais la vision de mon autre œil était parfaite. Pendant les après-midi, je m'allongeais sur le Banc et j'écoutais les écureuils courir, les geais bleus se regarder entre eux et les abeilles planer sur les fleurs de la Femme Douce.

Peter est revenu vers moi lorsque les jours devenaient chauds et longs, et comme toujours, il est parti avant que les feuilles ne commencent à tomber des arbres.

Lorsque l'air devenait plus froid, je chassais les feuilles cassantes qui voltigeaient dans la cour, puis la Femme Douce m'invitait à l'intérieur pour m'asseoir avec elle, à côté de l'âtre où brûlait un feu. J'avais l'habitude d'aboyer contre les flammes vives, de peur qu'elles ne s'échappent de leur Cage et ne blessent la Femme Douce. Mais j'ai appris qu'elle aimait le feu, qu'elle aimait s'asseoir devant lui avec un gros livre sur les genoux et sa main qui pendait sur le côté de la chaise pendant qu'elle me grattait la tête.

Mes Humains faisaient des choses étranges lorsque l'air devenait très froid et que les jours raccourcissaient. Ils apportaient un grand Sapin dans leur maison, l'entouraient de petites lumières scintillantes et y accrochaient des boules brillantes. Je n'avais jamais le droit d'asperger les branches basses avec mon urine. En fait, ils criaient parfois « Sunny, arrête ! » lorsque je passais devant l'arbre en remuant la queue. J'obéissais, je m'arrêtais, la queue toujours frétillante, et j'agitais les branches. Il s'ensuivait généralement un fracas où l'une des petites boules pendantes tombait sur le sol. Cela me troublait, mais je continuais à remuer la queue et j'essayais d'être amical. Les humains ont continué à crier, puis à rire, et finalement Peter m'a éloigné du Sapin et m'a mis sur ses genoux, ce qui était la place que je voulais occuper en premier lieu.

Le Sapin se terminait toujours entouré par des boîtes colorées de toutes tailles, des boîtes avec lesquelles je jouais et que je mâchais jusqu'à ce que je découvre que cela faisait de moi un « Très Mauvais Chien ». J'ai appris cette leçon peu après mon arrivée au Foyer avec Mon Garçon, il y a bien longtemps. Le Sapin — ou les Sapins, car un arbre différent apparaissait chaque hiver — signifiait que la Femme Douce et le Grand Homme, les Filles et Peter se réunissaient tous ensemble. Dans les années depuis que les enfants étaient partis, cela signifiait que la Femme Douce faisait des pâtisseries, décorait et chantait des chansons joyeuses parce que ses enfants revenaient à la maison. Plus récemment, les Filles ramenaient des hommes à la maison avec elles. Cara a ramené Jim et Fran a ramené Samuel et après leur avoir aboyé dessus pendant un certain temps, j'ai appris à les connaître aussi.

Et Peter. Peter rentrait toujours à la maison lorsque le Sapin était déjà installé dans la maison depuis quelques jours.

Un jour froid, alors que le Sapin était levé, Cara est venue à la maison avec un tout petit être humain dans une drôle de petite chaise qu'elle portait par la poignée. Le petit être humain — ils l'appelaient « Baby » — m'inquiétait beaucoup. Elle couinait, ce qui me faisait mal aux oreilles, et elle criait et pleurait, ce qui leur faisait encore plus mal. Cara était très protectrice à l'égard de Bébé et ne me laissait jamais m'approcher de la petite humaine. J'étais si curieux, je voulais voir cette petite humaine qui faisait plus de bruit que tous les autres humains réunis.

Tous Mes Humains aimaient tenir le Bébé. En général, cela ne me dérangeait pas, car cela permettait au Bébé de ne pas couiner et de ne pas pleurer autant. Mais quand Peter a pris le Bébé dans ses bras, je n'ai pas aimé. J'ai pleurniché, puis je me suis approché de lui, j'ai sauté et j'ai enroulé mes jambes autour de la sienne. Mon Garçon avait-il besoin qu'on lui rappelle qu'il m'appartenait ?

« En bas, Sunny ! Couche-toi ! » grondait Peter. Mais cela a marché. Peter rendit le Bébé à Cara et me laissa m'asseoir à ses côtés. Je me suis mis sur le dos et il m'a frotté le ventre.

La prochaine fois que le Bébé est venu chez moi, elle était plus grande. Elle rampait sur le sol et essayait de prendre ma nourriture et de mettre ses mains dans mon bol d'eau. Je n'aimais pas beaucoup ce Bébé. Elle me tirait la queue et tordait les poils dans ses grosses petites mains. Parfois, elle sentait l'urine et les excréments, ce qui m'intriguait. D'habitude, les humains n'ont pas d'odeurs aussi prononcées. Le Bébé me dérangeait, mais je savais que c'était un autre humain auquel je devais être fidèle.

Une fois, alors que Cara était partie et que la Femme Douce tenait le Bébé, elle s'est agenouillée et m'a appelée. Avec mon museau humide, j'ai reniflé la petite humaine. Puis j'ai léché sa main. Elle a émis un joyeux gloussement qui ne m'a pas fait mal aux oreilles. En fait, j'ai apprécié ce son. J'ai décidé que j'aimais l'odeur du Bébé après son bain, quand elle avait le parfum de la poudre sur sa peau et du chèvrefeuille frais dans ses cheveux. J'avais donc un être humain de plus à aimer et à protéger.

CHAPITRE 35

Pendant les vacances de Noël de la treizième année de Sunny, Cara et Jim étaient ici avec la petite Trish, qui se déplaçait très bien. Fran avait amené son petit ami, Samuel, que nous aimions tous beaucoup. Cara et Fran s'affairaient dans la cuisine avec moi pour préparer les friandises de Noël. Et Peter est rentré à la maison pour un mois entier ! Sa deuxième année à l'école vétérinaire semblait se dérouler à merveille. Il nous a prévenus que le plus dur était à venir et que ses plus gros examens étaient à la fin du mois de juin. Il n'était pas sûr de pouvoir rentrer à la maison avant un bon moment. Je refusais d'y penser. Nous étions tous ensemble *maintenant*.

Sunny avait commencé à aimer Trish, allant vers elle et essayant de lui lécher les mains, ce qui rendait Cara extrêmement nerveuse. « Il pourrait blesser le bébé », disait-elle chaque fois qu'elle en avait l'occasion. Peter a donc acheté à Sunny un harnais sophistiqué — qui ne lui ferait pas mal au cou — qu'il utilisait pour l'empêcher de s'approcher trop près de Trish et pour l'emmener en promenade — très lentement — dans le parc. Je n'aurais pas été surprise si ce bon vieux Sunny avait encore envie d'attaquer un autre chien. Sa vue était mauvaise et il pouvait à peine marcher, mais il aboyait encore quand le facteur passait et il grognait de manière assez convaincante contre le beagle du bout de la rue qui passait devant la maison le soir avec son maître.

Pourtant, nous avons tous admis la vérité. Sunny était vieux.

Je savais que Peter aurait du mal à laisser son chien cette fois-ci.

La veille de Noël, nous étions tous en train de manger notre repas raffiné dans la salle à manger. Cara avait fait dormir Trish sur le lit de la chambre d'amis et l'avait entourée d'oreillers. Elle a fermé la porte derrière elle pour éviter le bruit et a envoyé Jim la voir de temps en temps. À un moment du repas, j'ai cru entendre Trish crier de la chambre. Elle a semblé se calmer rapidement et nous avons continué le repas. La fois suivante, Jim est revenu avec une expression très douce sur le visage. « Il faut que vous voyiez ça. »

Sunny, tout vieux qu'il était, avait encore réussi à ouvrir la porte de la chambre d'amis, à grimper sur le lit et à s'allonger à côté du bébé, faisant une barrière avec son corps pour empêcher Trish de tomber du lit. Elle dormait profondément à côté de Sunny. Lorsque nous sommes entrés dans la pièce, Sunny a regardé autour de lui avec ce regard furtif qui lui demandait s'il avait des ennuis. Il baissa la tête et remua la queue, très lentement, timidement. Personne ne l'a grondé. Je pensais que Cara s'énerverait et s'inquiéterait des germes, mais elle a réagi différemment en observant le chien et le jeune enfant. Ses yeux se sont mis à briller et elle a tendu la main pour caresser Sunny en murmurant : « Papa avait toujours raison, vieux chien stupide. Tu es une perle rare. »

Peter a cherché son portable et a pris des photos pour lesquelles Sunny a posé d'une manière royale. Trish continuait de dormir paisiblement. Sunny s'est donc frayé un chemin vers un autre cœur.

CHAPITRE 36

Je me suis habituée au Bébé. Je me suis habituée à ce qu'ils soient tous de retour à la maison. La Femme Douce semble si heureuse que Cara, Fran, Peter et les autres soient de retour à la maison. La maison est remplie de merveilleuses odeurs de viande et d'épices. Tout le monde me donne en cachette des morceaux de dinde. La musique joue, les bougies brûlent et Peter reste près de moi. Je me déplace plus lentement et je ne vois plus aussi bien qu'avant, mais mon odorat est toujours aussi fin. Je connais Mon Garçon par son toucher et son odeur. Il prend soin de moi ; Peter semble savoir exactement ce qui rendra mes muscles moins douloureux et jusqu'où m'emmener en promenade. Il s'assied à côté de moi sur le sol de la cuisine et je mange dans sa main. Il me donne un bain et me sèche ensuite avec une grande serviette moelleuse qui, j'en suis presque sûre, est réservée aux humains. Il m'emmène même à l'étage dans sa chambre et je me couche près de son lit. Le Grand Homme et la Femme Douce ne semblent pas contrariés. Je dors près de son lit la nuit et je m'assieds sur

ses genoux sur le Banc la journée, tous les deux emmitou-
flés sous de nombreuses couvertures. Je suis content.

Mais Mon Garçon est inquiet. Je sens qu'il s'inquiète
pour moi. Je remue la queue, je caresse sa main et je le laisse
me gratter le ventre. Je ne veux pas qu'il s'inquiète. Qu'est-
ce qui pourrait être mieux que cela ? Je suis avec Mon
Garçon.

Lorsqu'il me dit au revoir et qu'il charge sa petite
voiture avec les valises, il n'essaie pas de se débarrasser du
liquide dans ses yeux. Il me caresse et me serre dans ses
bras en répétant encore et encore : « Sunny est un bon
chien. Un bon chien. »

CHAPITRE 37

Depuis trois jours, Sunny ne mange plus. Je m'assieds avec lui, je tiens sa tête sur mes genoux et je le laisse boire de l'eau dans ma main. Même cela me semble être un trop grand effort. Le docteur Tyler a dit que je saurais quand c'était le moment.

Peter est en train de passer ses examens, les plus importants après sa deuxième année d'études à l'école vétérinaire. Il a appelé deux fois la semaine dernière pour prendre des nouvelles de Sunny. J'ai essayé de paraître nonchalante. « Il est assez vieux, mais il tient le coup. » Maintenant, je me demande si je n'ai pas fait le mauvais choix. Peter doit voir son chien une dernière fois.

Je me souviens des yeux accusateurs de Peter, il y a des années, la première fois que j'ai mentionné que Sunny vieillissait.

Je prends mon portable et j'appelle Peter. Je lui dis que je prie pour lui, pour ses examens. Je lui demande comment se passent ses études. Il dit que c'est dur et qu'il a hâte que ça finisse. Il ne reste que 48 heures avant qu'il ne termine tous ses examens.

Je lui demande ce qu'il compte faire après les examens. Il me dit qu'il va sortir avec des amis et c'est alors que je lui suggère de rentrer à la maison pour quelques jours. « Sunny a l'air de s'affaiblir assez rapidement. »

« Maman, qu'est-ce qui ne va pas ? » J'entends la peur dans sa voix.

« Rien, mon chéri, il est juste vieux. Ne t'inquiète pas, mais tu pourrais peut-être venir fêter la fin des examens avec nous. » Je me racle beaucoup la gorge, et Peter le sait. Il n'est pas bête, mais il a du mal à regarder la réalité en face.

« Peter, tu restes et tu passes cet examen, tu m'entends ? Je prendrai bien soin de Sunny. Je l'emmènerai voir le docteur Tyler s'il le faut. Ne t'inquiète pas. Oublie tout ça. Concentre-toi sur l'examen. »

CHAPITRE 38

Je n'ai plus la force de me lever. J'ai essayé dix fois aujourd'hui, sans succès à chaque fois. Elle tient ma tête sur ses genoux, me caresse doucement et me donne de l'eau dans sa main. Je ne peux pas manger. Ma respiration est longue et douloureuse. Je vois dans ses yeux que ma souffrance lui fait mal à elle aussi.

Je crois que je suis prêt à fermer les yeux. Cela ne s'est pas passé comme je l'espérais, et pourtant, ces derniers jours m'ont permis de revivre tous les autres jours avec lui, avec Mon Garçon. Les humains ne comprennent pas toujours la profondeur de notre loyauté, la nécessité d'appartenir. J'ai appartenu et je suis satisfait. Je ne peux même pas remuer la queue pour lui faire comprendre que tout va bien. Je vois le liquide couler sur son visage et cela signifie toujours qu'elle a mal.

Je me suis aussi demandé, parce que ce liquide était si souvent sur son visage ces derniers temps, si quelque chose était arrivé à Mon Garçon. Si, en fait, il n'avait pas pu rentrer à la maison. Cela fait si longtemps. Je ne peux pas compter le temps. Je me souviens seulement que la dernière fois qu'il était avec moi, lui assis en tailleur sur le sol, moi couchée entre ses jambes et lui me caressant, je me sentais plus fort. Je pouvais encore aboyer. Je ne pouvais pas courir, mais j'ai marché deux fois à ses côtés.

Aujourd'hui, il semble que rien ne fonctionne dans mon corps. Je ne peux même pas marquer mon territoire.

CHAPITRE 39

J e porte Sunny jusqu'au banc, au soleil. La journée est douce. Je crois que c'est sa dernière et je veux donc qu'il soit dehors, là où il s'est perché si souvent, avec les bruits et les odeurs qu'il aime. Nous sommes assis sur le banc, moi chantant les berceuses que je chantais à Peter il y a si longtemps. Je ne sais pas pourquoi je chante des berceuses à un chien mourant.

Il ne reste plus qu'à prier. C'est la même prière, encore et encore : « Qu'il arrive à temps. » Mais je refuse de l'appeler. Il doit finir ses examens et il viendra. Je ne peux rien faire d'autre ni supplier Sunny de tenir plus longtemps. Il a lutté avec acharnement et maintenant il est temps. Je vais demander à Hudson de m'accompagner chez le vétérinaire avec Sunny. Je resterai près de lui pendant que le Dr Tyler le laissera partir.

CHAPITRE 40

Je suis allongé sur le Banc au soleil. Je ne vois plus, mes yeux ont fini par me lâcher, mais j'entends encore et je sens. Je sens la vie, la vie de l'endroit que j'aime, l'odeur de la Femme Douce qui s'est occupée de moi, l'odeur de ses fleurs épanouies, leur doux parfum, et j'entends le bourdonnement d'une douzaine d'abeilles, occupées à récolter le nectar. J'entends d'autres choses, un oiseau, le jappement de ce beagle gênant au bout de la rue. Je ne suis pas sorti depuis longtemps. Ses jappements ne m'irritent plus maintenant. Il m'appelle, il se demande où je suis. Je n'ai pas la force de répondre.

Il me pose des questions sur le Garçon et que puis-je dire ? Que j'ai attendu ces moments, que j'ai bien attendu et que je sais qu'il se soucie de moi et qu'il viendra un jour.

Mais maintenant, je sais qu'il ne me trouvera pas.

La Femme Douce me laisse sur le Banc, en me murmurant quelque chose de doux. J'entends le bruit de ses pieds nus dans l'herbe lorsqu'elle entre dans la maison. Je l'ai toujours suivie, mais aujourd'hui, je ne peux pas. Je me contente d'être sur le Banc.

Je m'assoupis et, une fois de plus, je rêve de lui. Le rêve est si réel que je peux presque le sentir, je peux presque entendre sa démarche déséquilibrée, la façon dont il avait l'habitude de traîner cette jambe si légèrement. Je le vois jeune et souriant, tendant la main pour me caresser. C'est peut-être ainsi que cela devrait se terminer, avec l'odeur qui devient de plus en plus forte, de plus en plus familière, cette même odeur de sueur, de dur labeur et de grande gentillesse qui appartient à Mon Garçon depuis que nous nous sommes rencontrés pour la première fois.

Le pas devient plus fort aussi, le rythme irrégulier, la rapidité qui est aussi la sienne.

Je me réveille de mon rêve et j'entends la Femme Douce crier quelque chose. Sa voix est haute et émotive. Elle va encore pleurer. Il y a une main sur ma tête, un nez niché dans ma fourrure et un liquide humide qui s'infiltre à cet endroit au-dessus de mon museau, et alors je sais. Je ne rêve pas. Il est enfin venu à moi.

J'offre tout ce que je peux, un faible gémissement. Il me caresse si doucement, si gentiment, me murmure des mots apaisants et pleure comme le font les humains. Il sent les médicaments et la fatigue.

La femme est maintenant à côté de lui et ils chuchotent, se touchent et me touchent à mon tour.

Mon Garçon est plus fort que dans mes souvenirs. Il me soulève facilement et me porte dans la maison. Il me dépose sur le sol frais et me laisse lécher sa main encore et encore. C'est tout ce que je peux faire, mais c'est suffisant. Il sait. Je sais. J'ai attendu, il est venu et je suis satisfait.

CHAPITRE 41

Il est arrivé chez nous en automne et nous a quittés de la même manière, en léchant la main de Peter. Il était faible, presque pitoyable lorsqu'il a poussé ses derniers soupirs, mais il y avait de la dignité dans ses yeux fatigués. Mon fils est resté assis avec Sunny pendant trente-six heures, sans se changer ni manger. Il s'est assis et a caressé son chien, et Sunny a continué à vivre, à vivre paisiblement et à lécher, lécher, comme il en avait l'habitude. Peter et Sunny étaient assis là, satisfaits, et puis, avec un dernier coup de langue et un dernier souffle, Sunny est parti.

Nous n'avons pas dit grand-chose pendant ces heures. Je considérais que c'était un moment sacré entre le maître et l'animal. Je devais trouver quelque chose pour m'occuper. J'ai commencé à écrire un journal, me souvenant du mieux que je pouvais de toutes les folies de ce cabot, de tout ce qu'il nous avait apporté, de tout ce qu'il avait apporté à Peter.

Nous l'avons enterré sous le banc vert, et j'ai planté des bulbes de tulipes au printemps et des pensées à l'automne. Parfois, alors que je suis assise sur ce banc et que je lis un roman, je peux presque sentir sa tête sur mes genoux, presque le sentir. Je m'entends murmurer son nom, puis j'ai l'inévitable pincement à la gorge.

Je repense à tout ce que Sunny m'a apporté, à l'espoir que j'ai ressenti en regardant mon fils préadolescent jouer avec lui, à la façon dont je me suis sentie rassurée en voyant Sunny gambader aux côtés de Peter, l'adolescent, et le suivre dans une nouvelle aventure. Je pense à la façon dont Sunny m'a aidée à franchir avec grâce le cap de la quarantaine et le nid vide, et au plaisir que nous partagions, lui et moi, lorsque les enfants revenaient à la maison — même avec un petit-enfant. Il m'a rappelé que les larmes étaient acceptables en pleine transition et qu'il était important d'avoir un être cher à proximité pour les essuyer — ou les lécher.

Il m'a surtout appris à regarder mon Maître différemment. J'espère avoir appris à L'aimer davantage, à Le respecter davantage, à apprécier davantage Sa présence. Si c'est le cas — et j'espère que cela ne vous paraîtra pas hérétique, mais Dieu a créé des chiens —, c'est parce que j'ai vécu douze ans avec un cabot névrosé.

Peter a passé un mois avec nous avant d'entamer sa dernière année d'études à l'école vétérinaire. Il a fait le deuil de son chien. Lorsqu'il est parti, il a emporté ce sac à dos déchiré et une petite toile que j'ai peinte de Sunny et lui, assis sur le banc.

Il nous a appelés l'autre jour. Hudson et moi avons tenu le portable entre nous et écouté Peter nous annoncer qu'il avait réussi ses examens et qu'il avait trouvé un emploi d'apprenti vétérinaire. Dans chaque mot qu'il prononçait, nous entendions la confiance d'un jeune homme qui comprenait les animaux, la souffrance et la force de l'amour entre les humains et les animaux de compagnie. Entre un garçon et son chien. Hudson et moi avons souri et hoché la tête, sachant que Peter ferait un excellent vétérinaire. Tout cela grâce à Sunny.

Lorsque nous avons raccroché le téléphone portable, Hudson m'a embrassé sur le front et m'a murmuré : « Je t'avais dit que ce chien était une vrai perle rare. »

À PROPOS DE L'AUTEUR

ELIZABETH MUSSER, originaire d'Atlanta dans l'état de Géorgie, écrit des "divertissements avec une âme" depuis son chalet d'écriture - une cabane à outils - situé à l'extérieur de Lyon, en France. Lauréate du Carol Award et finaliste du Christy Award et du Georgia Author of the Year, les romans d'Elizabeth ont été traduits en plusieurs langues et sont des best-sellers internationaux. *The Swan House* a été classé parmi les meilleurs livres chrétiens de l'année sur Amazon, parmi les dix meilleurs romans des cent dernières années en l'état de Géorgie et a reçu le Gold Illumination Book Award 2021 pour Enduring Light Fiction. *By Way of the Moonlight* est l'un des dix meilleurs choix de *Publisher's Weekly* en matière de religion et de spiritualité.

Elizabeth et son mari, Paul, travaillent avec l'ONG One Collective depuis plus de quarante ans. Les Musser ont deux fils, deux belles-filles et cinq petits-enfants. Pour en savoir plus sur Elizabeth et ses romans, rendez-vous sur www.elizabethmusser.com

www.ingramcontent.com/pod-product-compliance
Lightning Source LLC
Chambersburg PA
CBHW021056130626
46552CB00005B/2127